中缅当代

Labyrinth

迷宫

缅甸短篇小说集

〔缅甸〕丹瑞 等 著

姜永仁 等 译

漓江出版社

·桂林·

图书在版编目（CIP）数据

迷宫：缅甸短篇小说集 / (缅) 丹瑞等著 ； 姜永仁
等译. -- 桂林：漓江出版社，2025. 4. -- (中缅当代
文学互译丛书). -- ISBN 978-7-5801-0096-2

Ⅰ. I337.45

中国国家版本馆CIP数据核字第2024VR4476号

迷宫——缅甸短篇小说集
MIGONG——MIANDIAN DUANPIAN XIAOSHUO JI

〔缅甸〕丹瑞　等　著
姜永仁　等　译

出 版 人　梁　志
策划编辑　霍　丽
责任编辑　王林秀
装帧设计　刘瑞锋〔广大迅风艺术〕
责任监印　杨　东

出版发行　漓江出版社有限公司
社　　址　广西桂林市南环路22号
邮　　编　541002
发行电话　010-85891290　0773-2582200
邮购热线　0773-2582200
网　　址　www.lijiangbooks.com
微信公众号　lijiangpress

印　　制　北京中科印刷有限公司
开　　本　880 mm × 1230 mm　1/32
印　　张　8.5
字　　数　170千字
版　　次　2025年4月第1版
印　　次　2025年4月第1次印刷
书　　号　ISBN 978-7-5801-0096-2
定　　价　49.80元

前　言

　　中国和缅甸是山水相连的友好邻邦，两国唇齿相依，文化相似，利益攸关，两国人民的友谊源远流长。自古以来，两国人民就以"胞波"（同胞，兄弟姐妹）相称。

　　历史上，中缅两国人民很早就有往来，互通有无，共同开辟了"金银大道"，建立了"胞波"友谊。

　　第二次世界大战期间，中缅两国人民手拉手，肩并肩，不怕牺牲，前仆后继，同日本帝国主义进行了不屈不挠的斗争，终于取得了反法西斯斗争的伟大胜利，为世界和平做出了重大贡献。

　　1948 年，缅甸人民摆脱了英国殖民主义的统治，取得了民族独立；1949 年，中华人民共和国成立。多年来，中缅两国人民在政治、经济建设以及文化交流等方面的友好合作取得了举世瞩目的成就，中缅之间的胞波友谊绽开了新的花朵。

　　2013 年，习近平主席提出共建"一带一路"倡议，得到了包括缅甸在内的世界多国人民的支持。共建"一带一路"以互联互通为主线，打破地理限制，融合文化差异，统筹发展需求，推动构建全球发展新格局。在此形势下，漓江出版社应时出版

《迷宫——缅甸短篇小说集》，必将有助于中缅两国人民民心相通，为共建"一带一路"倡议的实现增砖添瓦。

文学是反映人民生活和社会现实的一面镜子。短篇小说是缅甸文学的重要组成部分，是缅甸作家创作的文学作品中最丰富、最多姿多彩的一部分，是缅甸社会的缩影和缅甸人民生活的真实写照。《迷宫——缅甸短篇小说集》像一面镜子，把缅甸社会和缅甸人民的现实生活映照得真真切切，能令读者将缅甸社会万象尽收眼底，对缅甸人民的现实生活有更多的了解。

《迷宫——缅甸短篇小说集》所收录的小说中，有缅甸人对爱情的理解、追求，以及他们的择偶标准与婚姻现实；有穷苦农民、渔民、三轮车夫等不同时期缅甸社会最底层劳苦大众的悲惨遭遇与痛苦生活现状；有当代工程技术人员为了广大农民的利益，不顾个人安危，忘我地坚守在筑坝工地的催人奋进的先进事迹；有缅甸人教育子女的观念与方式；有对缅甸母亲一生用摇摇篮的手为家庭无怨无悔奉献的褒奖；有穷人家的孩子辗转求学的曲折经历。小说集的内容丰富，人物众多，场面宏大，具有教育意义。

阅读《迷宫——缅甸短篇小说集》，仿佛缅甸各行各业的人群，包括农民、工人、渔民、三轮车夫、大学毕业生、医生、教师、政府职员、工程技术人员等，都变得鲜活起来，在你的眼前晃动，忙碌，走来走去。农民们挥汗如雨，在烈日下种田；工人们顶风冒雨加班加点地工作；渔民们摇着小船在风浪中前行，寻找鱼的踪迹；三轮车夫三更半夜蹲在路旁等候乘车人的到来；青年情侣走不出爱情的迷宫无奈分手……一幕幕缅甸社会的景象，一个个缅甸人的故事，无不撩动着读者的心弦，无不强烈地触动着读书人的情感。这时，你会觉得自己仿佛已经置身于缅甸，站在缅甸人民中间，同缅甸人民同命运共呼吸，一起憧憬美好的明天。

参加《迷宫——缅甸短篇小说集》翻译工作的有：北京大学姜永仁教授、姚秉彦教授、韩德英教授和张怡博士（在读）。姜永仁教授负责全书译文的审定。由于水平有限，不足之处，望读者不吝赐教。

本书在翻译过程中，得到了我驻缅大使馆文化处潘峰参赞、广西民族大学外教杜瓦底敦教授的大力帮助，在此谨向他们表示由衷的感谢！

《迷宫——缅甸短篇小说集》是了解缅甸、了解缅甸人民的一本好书，值得一读。

姜永仁

2024 年 6 月 16 日于博雅德园寓所

目 录

迷 宫

[缅甸] 丹瑞

这座山，九曲八弯，峰回路转，沟壑纵横，峭壁接天，素以迷宫闻名于世。

——摘自吴奥巴达著《威丹达雅佛本生经故事》[1]

每当解夏节[2]到来之际，在我小时候的居住区的寺庙院子里，人们常常举行点灯活动，并且还会造一个迷宫来进行庆祝。

那迷宫是仿造菩萨威丹达雅王住过的迷宫山建造起来的。据说，菩萨威丹达雅王把保佑国家风调雨顺、国泰民安的武鲍达达白象施舍了出去，引发了国民的不满和闹事。为了安抚黎民百姓，他的父王登西国王下令把他驱逐出境。而这座迷宫山就是当时菩萨威丹达雅王居住过的地方。相传，这座迷宫山曲曲折折，古怪离奇。因此，在修造迷宫的时候，也修得十分复杂。迷宫里面特意筑了许多格子墙，使其路径相互连接，回环四合，进去的人一不小心就容易迷失方向。此外，在迷宫的中心还建造了一座亭榭，亭榭里边供放着一尊释迦牟尼佛像。

在迷宫里，尽管小路纵横交错，迂回曲折，变化莫测，但大凡细心的人都不至于迷津难返，只是多花些时间罢了。然而，

---

[1] 《威丹达雅佛本生经故事》，缅甸《十大佛本生故事》之一。讲述的是佛陀在过去生中作为威丹达雅王子（Vessantara）的故事，在故事中，威丹达雅王子以其无比的慷慨和布施精神著称。

[2] 解夏节，也称点灯节、关门节，是缅历七月最隆重的日子，对于缅甸佛教信徒来说是一个极其重要的日子。

常常有一些喜欢开玩笑的人，调皮地拆掉格子墙，故意把路弄得混乱不清，致使进入迷宫的人迷失方向，在里面转来转去找不到出来的路。最后，只得喊叫着向别人求援。

我望着迷宫里熙来攘往的人群，嘈杂声夹杂着欢快的笑声不时地传入我的耳朵。在好奇心的驱使下，我举步进入了迷宫。但，我没有像别人那样贸然闯入。我留心着，在所走过的路旁的兔耳形灯笼里放进了石子，作为标记。

"哎！貌貌——"

当我在迷宫里走了大约有一半路的时候，我正凝神于路旁的灯笼，忽然听到有人喊我的名字。我抬起头来，举目望去。

"啊！媛媛！"

媛媛是我七年级的同班同学。借着明亮的月光和灯光，我看见她的脸上充满了焦灼的神色。

"怎么了，媛媛？就你一个人吗？"

"是啊，我和伙伴们走散了。"

"走散了，就跟着别人走出去呗！"

"我跟了呀，可是你没看见他们也在转圈子呀！拜完了佛，我就和伙伴们走散了，我想他们大概早就走到外面去了。"

"那么，我送你出去。不过，我还没有拜佛呢！你得跟我再到佛亭走一趟。你就放心好了，跟着我绝不会迷路的。"

"好，咱们走吧。"

我们俩不敢在路上长久耽搁，向着佛亭走去。因为出乎意料地有机会和媛媛一起拜佛，我感到格外高兴。媛媛似乎也异常兴奋。她那焦灼不安的神色已经消失得无影无踪，脸上焕发出明亮的光彩。

媛媛和我不仅是在一个学校一个班里读书的同窗学友，还是生在一个地方、长在一起的儿时伙伴。尽管在童年的生活中，我们俩是那样亲密无间，情同手足，一起蹦蹦跳跳，玩耍嬉戏，但是长大以后，年龄把我们隔开了。平时，要是没有事儿，谁也不跟谁讲话。在当时的社会里，当青年男女到了谈婚论嫁的年龄时，大人们是绝对不允许他们亲密交往的。尽管我和媛媛彼此钟情，但在那时，也只好克制自己，不要过于亲近。游迷宫那天晚上，真是天赐良机，竟然意外地与媛媛在迷宫里相遇，我帮助她摆脱了困境，并且一起参拜了佛像。

"好吧，那我再拜一次佛。"

媛媛跪在离我不远的地方又拜起佛来。我已经记不清当时我是怎样开始拜佛，又是怎样结束的。但是，我焦急地等待着媛媛第二次拜完佛的情景却一直深深地留在我的记忆之中。拜过了佛像，当我们往回走的时候，一路上十分顺利，几乎没有碰到什么困难。因为来时，我已经预先做好了标记。

"哎呀，这个迷宫和书上的可不一样。书上说的充满了情趣，而这里却让人心烦。"媛媛说的书上的迷宫指的就是菩萨威丹达雅的迷宫山。她说完便咯咯地笑了起来，那整齐而洁白的牙齿从那红润的双唇中间显露出来，闪烁着珍珠般的晶莹的光芒。黄润的皮肤，白色的绸衫，在五颜六色的彩色灯笼的映照下，放射出绚丽夺目的异彩。

“今天真幸运，亏得碰见了你。不然，我一个人准在迷宫里到处转圈子走不出来哭鼻子呢！往后呀，我可要离这迷宫远远的！”

媛媛扭动着身子，耸了耸肩膀说道。我紧紧地跟在媛媛的后面，默默出神地看着她的后身，心里甜滋滋的，充满了幸福。我真不知道找出什么样的话回答媛媛才好。就这样，我们走出了迷宫，找到了等在外边的媛媛的伙伴。

“哎呀，把我们急死了！想进去找你吧，又怕连我们自己也找丢了。所以，不敢再进去，只好在外边等你。”

“天哪！你们把我扔下不管，让我一个人落在里面，要不是碰见了貌貌，真得把我急死了！”

听到伙伴们兴致勃勃的话语，媛媛瞥了她们一眼，玫瑰花般的粉红色的小嘴唇噘得老高老高，嘟嘟囔囔地说道。

“好了，回去吧！回去吧！我也该走了。”我恋恋不舍地望着这些姑娘，半晌才与她们告别。

“嗯，谢谢你了，貌貌。”

媛媛和她的伙伴们向我道了谢，便离去了。我久久地望着她们的背影，直到看不见她们，才离开了这喧闹的迷宫。那天夜里，我怎么也睡不着。辗转枕上，直到黎明才昏然睡去。打那以后，我和媛媛再也不羞羞答答、拘拘束束的了，依旧像小时候那样亲亲热热地交往起来。

迷宫相遇，帮助媛媛摆脱困境，是我和媛媛友谊史上的一个新的里程碑。不管在什么时候，只要提起这件事儿，总觉得新鲜，故事似的吸引人。而每当这时，媛媛总是感激地说道："哎呀，当时我心里可真着急呀！要不是你来了，我可真是要哭鼻子哩！"

我和媛媛上十年级的那一年，由于爆发了第二次世界大战，学校无限期地放假，把我和媛媛分开了。那时，我只要一想起要和媛媛永远分离了，就像丢了魂似的，六神无主，坐卧不宁。"这辈子我俩还能不能再见面呢？"我被这无边的思绪残酷地折磨着，心里忍受着巨大的苦痛。离开仰光那天，媛媛他们全家到我们家来辞别。我极力控制着自己的感情，不让自己哭出来。我依依不舍地把他们送到火车站。送走他们以后，人虽然回到了家里，可我的心却随着他们去了。两天以后，我们家也搬到了坐落在伊洛瓦底江三角洲的一个小镇上。我不敢妄想将来会怎么样，心里整天烦躁不安。每当这时，只有书，各种各样的书籍才能让我消愁解闷。而当书也不能为我带来乐趣的时候，我就索性一头扎进水椰林里，痛饮那水椰酒，直到一醉方休。有时，我为没能和媛媛发展成恋爱关系而感到欣慰。因为，像现在这样，只有我自己承受相思的折磨。倘使，我和媛媛已经相爱，而又像现在这样分离在天涯海角，那么，媛媛一个姑娘家一定会悲痛欲绝的。现在，作为好朋友，尽管也非常想念，但并不十分要紧。若是作为情侣，那可就要像热锅里的蚂蚁一样坐卧不安了。

不久，日本人攻进了仰光。[1] 等到市内刚恢复平静，我们全家就回到了仰光。一个月以后，媛媛全家也从外地归来。和媛媛他们见面的那天，我兴奋得简直无法形容，连吃饭都忘记了，仿佛肚子已经饱了似的。妈妈看见我如此迫不及待的样子，不由得说道："看把你急的，比谁都厉害！"

"分别了这么久，今日又欢聚一堂，我心里可真高兴。"在媛媛的母亲说话的当儿，我深情地目不转睛地看着媛媛，用无声的语言倾诉着我满腹的心里话。当媛媛睁大着双眼，用惊喜的目光回看我的时候，我又禁不住胆怯起来，把头扭向一边，不敢再看她那秀气的脸庞。

"哎，貌貌，你身体好吗？"

当我正想着媛媛似乎比以前瘦了的时候，媛媛向我问道。

"哈哈，别提他了。他呀，没有一天高兴的。总是说这一辈子再也见不到朋友了。你们看看，他对朋友痴心到何种地步！"

我正在思考如何回答媛媛的问话，母亲抢先说道。这时，心虚的我，只觉得脸上火辣辣的。

在仰光被日本占领的时期，我已经不能再继续求学了。战争爆发以前，我的父亲是一个工人。靠他的工资，我们家的生活

---

[1]　1942年1月4日，日本为了阻断滇缅公路并获得资源补给地，大举进攻缅甸。1942年3月8日，日军攻进缅甸仰光，对缅甸开始了长达3年的殖民统治。1945年5月，缅甸收复了仰光。

还可以维持。但是，由于战争，到处逃难，非但把仅有的一点点积蓄用得一干二净，就连父亲的身体也渐渐地垮了下来。媛媛的父亲在战前当经纪人，财运亨通，发了大财。日本占领仰光时期又做起了买卖，比以前更为富有了。

我与媛媛不同，我不是独生子。在我的下面，还有三个弟弟妹妹。凡事我不得不为他们着想。记得媛媛的父亲曾经对我说过，假如我愿意的话，是可以在他的店里做事的。但是，因为我对从商不感兴趣就婉言谢绝了。我似乎觉得去当兵可能会更好一些。然而，我又有些踌躇。最后，在一位朋友的帮助下，我总算在一家日本公司里找了一份工作。我的工资少得实在可怜，媛媛他们要常常资助我们。媛媛一家人的深情厚谊，对我们的体贴与照顾，让我十分感动。我觉得我不该对媛媛怀有别的念头。媛媛的父亲曾把我当作亲儿子一样看待，媛媛的母亲也是一样，要是我一天不到他们家去，就会念叨个没完没了。而一旦我去了，就又让我吃这个，吃那个。总是说："媛呀，快请你朋友吃饭哪！貌貌，还没有吃饭呢，是不是？去吃去，吃完再走。让媛媛给你盛饭！"有时，媛媛噘着嘴嘟嘟囔囔地说道："妈妈，我不管了。妈妈的侄子，妈妈自己去请他吃饭好了。咱们对他那么亲热，他可不是这样！"媛媛的话仿佛是说他们是淳朴地爱我，而我却另有打算。这分明是冲着我说的。本来，我就很心虚，听了媛媛的话，愈加感到窘迫不安了。

有一些天，晚上我就住在媛媛家里，给他们做伴。每当这时，媛媛总是像对待亲哥哥一样照顾我。我和媛媛并不沾亲带故，然而，彼此却十分友爱。有时，我甚至想，既然到了现在这样的程度，那还有什么可以顾忌的呢？干脆把心里话全倒出来吧！一种欲向她倾吐我的爱慕之情的想法，不时地跳上我的心头。但是，不知怎的，每当我一踏上她家的门口，这种想法便一下子消失得无影无踪了。

我的父亲，由于家境的贫寒，疾病的折磨，战争的惊吓，不幸在日本统治快结束的时候，与世长辞了。父亲去世那天，我到媛媛家去送信。碰见媛媛一个人在家里。我再也掩饰不住自己内心的苦痛，禁不住放声痛哭起来。

"貌貌，不要这样伤心。大小伙子，要坚强一点儿。你都这样，那么婶子、弟弟妹妹他们又该怎么办呢？别太折磨自己。好不，貌貌？"

媛媛尽量找一些鼓励的话来安慰我，但这越发让我悲伤起来，我抽泣着，泪珠儿像断了线的珠子。

父亲的去世，使我感到非常绝望。我觉得我这一辈子再也没有希望与媛媛结为夫妻了。我决定，把我对她的爱埋在我的心底，决不向她吐露一字一句。我决定放弃我从小就爱上的媛媛。打那时起，我觉得世界上再也没有我需要的东西了。我活着已不再是为了我自己，而是为了我的母亲，为了我的弟弟妹妹们。我对自己漠不关心的时候，可给媛媛找了不少麻烦。

假如，我头发乱蓬蓬地来到媛媛家里，媛媛准会说："哎呀，你也该梳梳你的头发了，貌貌！"说完就会把梳子递给我。

假如，我的衣服脏得很，媛媛准会说："你这件宝贝衣裳是不是要一直穿破了才算了事？"

假如，我的胡子长长的，媛媛准会假装一本正经地说："貌貌，你听说了吗？有一个人刮胡子时不小心用刀片把脖子给割断了！"

假如，到了该理发的时候，而我却还没有理，媛媛准会逗我说："貌貌，我想城里的理发店并没有让炸弹都给炸平了吧？"

后来，每当要去媛媛家的时候，我一定要把头发梳得整齐一些，衣服换上新一点的，胡子刮得光光的。要是头发长了，那可得理了发以后再去。"男子之福，彗星之光。时刻一到，如花怒放。"有时，我也曾憧憬过，将来会有那么一天，时来运转，家境好起来，我能够体面地把媛媛接过门来，拜堂成亲。但是，当我想到这只不过是海市蜃楼般的幻想的时候，这种想法就又像肥皂泡一样破灭了。媛媛每次见到我，总是说一些令人高兴的话来安慰我。她不时讲起在迷宫里相遇的事，咯咯地笑个没完。而我，却只能把它作为一个美好的梦境留在心底了。

第二次世界大战结束以后，学校重新开学的时候，媛媛又去上学了。而我呢，活命比求学更为重要，只好设法挣钱糊口。相比之下，我那年幼的弟弟妹妹们更需要去念书学习。我没有任何资本，不可能靠投资获取利润去生活。我只能设法找到一份工作，靠力气挣钱来养家糊口。不久，我在一家公司里落了脚。

"貌貌，我想，不管怎样，考试还是要参加的。念书的时候，你学习成绩很好，现在参加考试，肯定没问题。我这儿，有课堂笔记，还有教科书，你拿去看吧。要是把数学忘了，那我来教你。貌貌，你可千万要参加考试啊！无论如何，十年级考试要通过才行。"

我不像媛媛爸爸那样热心于商业工作。但是，在当时，要想在政府机关里求职，就必须通过十年级考试才行。基于这种想法，我决定报名应考。已经上了大学的媛媛，为了使我能顺利地通过考试，可费了不少心血。

大学入学考试虽然通过了，但我却不能像媛媛那样进大学读书。

"貌貌，你再继续参加考试[1]吧。只要你考，就一定能通过的。"

媛媛鼓励我，劝我继续自学参加大学的考试。但是，我没能那样做。

大学入学考试通过以后，我便转到一个薪金比原来的公司高又更有前途的政府机关里工作。但是，光靠这点工资，依旧养活不了年迈的母亲和年幼的弟弟妹妹。我只好在晚上再出去找点事干。我在一家报馆里找到了工作——翻译晚上的电讯稿。

---

[1] 缅甸的基础教育学制为10年，其中，小学4年、初中4年、高中2年，该阶段实行免费教育。高等教育学制3—6年不等。高中毕业考试即为大学考试。大学入学考试分为两个等级，即A级和B级，从B级到A级，还要参加考试。2024年开始，缅甸的基础教育改为12年学制。

因为我喜欢这份工作，所以，心里很满意。但母亲看到我这般辛苦劳累，心里很不好受。她眼泪汪汪地对我千叮咛万嘱咐，要我一定注意身体。然而，出于生活所迫，老人家并没有，也不能拦阻我夜里出去工作。

当媛媛在大学的教室里，津津有味地欣赏着《罗密欧与朱丽叶》的时候，我在尽心尽职地做着政府的工作；当媛媛躺在厚厚的褥子上，做着甜蜜的美梦的时候，我在紧张地翻阅着最后到来的电讯，翻译着编辑需要的消息。就这样，我从家里到办公室里再到报社里，犹如一个上满了发条的机器人，机械地周而复始地奔忙着。只有到了媛媛家里，我才感到轻松和愉快。

每当我看见媛媛，浑身的疲乏与劳累就好像一下子飞到九霄云外去了。尽管我和我工作单位里的许多女文书相处得都很好，尽管我和其他的女同学、女性朋友的关系也都很不错，但是，我从来都没有想过要和她们结为眷属。其实，就我的经济条件而论，我也是没有能力成家立业的。我没有时间去琢磨女孩儿的事情，也无暇想尽一切办法吸引女孩子来爱慕自己，更没有空闲与姑娘们谈情说爱。我对别的女孩子越是不感兴趣，对媛媛就越是爱得深沉。

我是这般地爱她。但我并不幻想我这一辈子能和她结成恩爱夫妻，白头偕老。其实，我也不敢这样去想。我觉得只要我爱她，这就足够了。只要她热情地和我相处，我也就心满意足了。看到她，一切疲乏立刻消失；看到她，任何忧伤都一扫而光；看到她，我浑身增添无穷无尽的新的力量。

就这样，媛媛大学毕了业，取得了文学学士学位和教育学学士学位，在教育部里找到了工作。而我呢，时而当一阵子文书，时而干一阵子小编辑，担负着赡养老母和抚养弟弟妹妹的生活重担。前不久，媛媛的母亲告诉我说："媛媛要出嫁了！"一句话犹如晴天霹雳，我失魂落魄地听着媛媛母亲那喜气洋洋的话语，再也没有力量接过媛媛端过来的咖啡杯，只好让媛媛把它先放在桌子上。待心情平静以后，我才勉强控制住颤抖的手端起了咖啡杯。"那……那好哇！婶娘。"我极力抑制自己，不显露出悲痛的情绪。

从那时起，我知道我真的失去媛媛了。我的心情万分悲痛。往事一幕幕呈现在眼前：从小念书时的友谊，日本占领时期互相帮助的情景，战后的相处。这中间，那年解夏节我俩在迷宫里的相遇，算是我记得最清楚、印象最深刻的了。

"今天真幸运，亏得碰见了你。不然，我一个人准在迷宫里到处转圈子走不出来哭鼻子呢！往后呀，我可要离这迷宫远远的！"

我仿佛又听见了媛媛的声音。媛媛一个人在迷宫里迷了路，转来转去焦灼不安的时候，是我帮助了她，把她救了出来。而现在，媛媛却要把困在生活迷宫里的我丢下不管了。

我和媛媛同生于仰光市的一个郊区。我们无意中在生活的迷宫里彼此相遇。命运恶神使我的前进道路充满了曲折和坎坷；而媛媛却福星高照，走上了一条笔直平坦的光明大道。

媛媛曾经说过，解夏节时造的迷宫远不如威丹达雅佛本生经故事里的迷宫好走。而我却想说，生活的迷宫比其他一切一切的迷宫都更加坎坷、更加难走。游迷宫的时候，虽然彼此声相闻、人相望，但是，因为走的不是一条路，所以，不能说两个人相距很近。同样，在生活的迷宫里，我和媛媛看起来近在咫尺，其实，却相隔十万八千里啊！

我把媛媛从迷宫里领了出来。然而，谁又来把我从苦难深重得令人害怕的生活迷宫里拯救出来呢？！

对我来说，前途、理想、道路，一切的一切都已经消失了。我孑然一身，孤苦伶仃，唯有默默地盼望着彻底摆脱生活迷宫的那一天到来！

作者简介

丹瑞（1926—1964），仰光市人，缅甸现当代[1]著名作家。早年家庭生活十分贫困，靠卖茉莉花和报纸维持生活。三十八岁时，不幸溺亡于仰光市燕子湖中。丹瑞是第二次世界大战后涌现出来的缅甸新秀作家之一，他的政治思想倾向革新，曾积极参加缅甸新文学创作活动。他的作品大都是短篇小说，《迷宫》是他的代表作之一。

---

[1] 缅甸文学分为古代文学时期（1044—1885年）、近现代文学时期（1885—1945年）、现当代文学时期（1945年至今）三个阶段。

风雨交加

〔缅甸〕八莫丁昂

（一）

时间大约刚过夜里十点钟。狂风和暴雨宛如妙翅鸟追逐蛟龙一般，在天地间呼啸着，翻腾着。在仰光市南欧格拉巴新区的勃得达电影院一带，行人和车辆早已绝迹。马路两旁为行人及娱乐者们开设的小店也已经关门闭户，掩灯熄火了。马路上甚至连一条夜间到处觅食的野狗也看不见。夜深人静，周围漆黑一团。此时此刻，假若有一位陌生人步入南欧格拉巴新区，那么，他一定会感到非常惊讶：怎么？南欧格拉巴新区原来是一片破败的废墟呀！

（二）

雨依旧在哗哗地下着。昂格穿着一件廉价的雨衣，独自坐在三轮车上打盹儿。他正在等待着顾客。假如现在没有过往行人坐他的车，那么，晚场电影散场后，一定会有人乘他的车回家。此时，路上没有一个行人，昂格只好耐心地等着。晚场电影还要等两个多小时才能散场哪！

昂格在淅淅沥沥的雨声中打着盹儿。蒙眬中，他仿佛听见有人走动的声音，他马上揉了揉困倦的双眼，抬头极力向四周望去。但是，周围一片漆黑，什么也没看见，连个人影儿也没有。其实，这不过是一种由于急切盼望乘客而产生的幻觉而已。这么晚了，哪里还会有人来坐他的车呢？他是错把风吹树叶发出的沙沙声，当成行人的脚步声了呀！

刚刚跳上昂格心头的欢乐又立刻消失了，失望和焦急又占据了他的心。他没有看见一个人。他长长地叹了一口气。一天的疲乏和劳累又一次把他带入困倦之中。

雨还在下个不停。阵阵凉风把东西刮得砰砰作响，仿佛在故意戏弄人似的。

昂格猛然打了个寒战，感到身上冷飕飕的。但是，对于像昂格这样的每天不管刮风下雨，不顾酷暑烈日靠蹬三轮车赚钱糊口的车夫来说，这又算得了什么呢？要知道昂格的妻子和四个孩子正在饿着肚子呀！

虽说昂格正坐在三轮车上打盹儿，或者由于疲乏一时睡着了，但他并不能安安稳稳、踏踏实实地睡觉。因为正像一首歌中唱的那样："人生愁事多如麻哟……"昂格即使是在睡梦中，心里也充满了不安和忧愁啊！

（三）

昂格蹬的三轮车并非他自己所有，是租人家的。他是一名靠租车搞运输的普通三轮车夫。租车费一天竟高达三元[1]钱。不管你当天挣不挣得到三元钱，租车费都得如数交齐。如果这期间车

---

[1] 本书均指缅币。

条断了，或者车子的其他部件损坏了，那还得自己拿钱去修理。所以，对昂格来说，每天想方设法挣钱交齐租车费比挣钱养家糊口显得更重要。其次是准备修车的钱，等到这些问题都解决以后，才能考虑全家人的吃饭问题。

当乘客少的时候，昂格当天只能勉强挣上三元钱，刚刚够交上租车费。有时连三元钱也挣不上。如果当天交不上三元钱租车费，那么第二天你甭想再租车。昂格为了交齐租车费，不得不去借高利贷。

有时，刚刚挣够给三轮车车主的三元钱车费后，突然车子坏了，昂格只好把全家人的吃饭问题搁到一边，先想尽办法把车子修好。假如不先把车子修好，那他就没法去挣钱了。

（四）

今天昂格算是碰上了好运气，收支大抵平衡。他除了交齐三元钱租车费外，还把剩下的一元两角五分钱交给了妻子。但是，三天前借的那十五元钱高利贷，一直让他焦灼不安。

那一天，真是倒霉透顶。昂格蹬着三轮车到处揽生意。但他不仅没有挣到足够的钱交付租车费，而且三轮车的前叉还无缘无故地断了。全家人糊口倒是小事，交不起租车费可了不得。昂格真想放声大哭一场。可是，哭又有什么用呢？现在摆在昂格面前的急迫任务是赶紧设法修好三轮车，修好了三轮车，才能去拉乘客，才能赚钱交付租车费。但是，换一个前又要好几元钱。昂格现挣现吃，蹬一天车挣一天饭钱，哪里有钱来修车呢？

昂格百般无奈，只好先把三轮车寄存在一处，然后急急忙忙地跑到家里，把车子坏了的事告诉了妻子埃钦。

"哥[1]昂格，修车究竟需要多少钱？"妻子直截了当地问。

"唉，我也说不准，五元到十元吧……"昂格颓丧地回答。

"要是有十元钱够不够，哥昂格？"妻子的问话很简短。

"嗯……十元钱……差不多了……"

每当遇到困难和挫折，埃钦便是昂格最可依赖的人。她总是想尽一切办法，帮助他渡过难关。

埃钦叫丈夫在家里先歇一会儿，自己转身出去了。没过多久，大约半个小时，埃钦就回来了，手里攥着借来的钱。

"埃钦，怎么样？借到钱了吗？"老远，昂格就冲着妻子问道。

"借了十五元高利贷……"妻子兴奋地把手里的钱递给了丈夫。

昂格接过钱，一张一张地数着。

"从明天开始，一天还一元，十五天内还清。"妻子又对他说道。

---

[1] 缅甸人传统上没有使用姓氏的习惯，一般按照他们的年龄或者地位在名字前加上不同的冠词，以示正式和尊重。男性名字前加"貌"（儿童、少年）、"哥"（青年）、"吴"（年长或地位高的人）；女性名字前加"玛"（青少年）、"杜"（年长或地位较高的人）。所以对同一个人的称呼会因为说话人的不同而不同。

"喂,埃钦,这哪儿是十五元,是十二元呀!"昂格顾不得妻子都说了些什么,着急地说道。

"哥昂格,你呀,真是的,连这个都不知道。借十元钱,利息两元,借五元钱,利息一元,我们借了十五元,利息就是三元,债主已经先扣除了。"

埃钦只好把高利贷扣利息的事跟丈夫说明。

昂格顾不得再多问些什么。他急忙拿走这十二元钱,三步并作两步地来到存车处,取出了三轮车,送进了修车铺,没想到修车费比自己预料的多得多。但是,为了抢时间,他只好照价付给修车铺整整九元的修车费。

(五)

昂格把剩下的三元钱牢牢实实地放在筒裙兜里,又蹬着修好的三轮车到处招揽乘客,直到下半夜一点钟他才拉到四个乘客,挣了三个二十五分,一个五十分。那天,昂格除去交给车主的三元钱租车费外,自己所剩无几。

开始偿还高利贷的那天,几乎整天都在下雨。昂格为了能交齐车主的租车费,顶风冒雨,冻得浑身发抖,到处拉车赚钱,结果只挣了三元钱。昂格只好向车主求情,先给他两元钱车费,留下一元钱好还给债主。那天,昂格和他的妻子因为无钱买米,只好到左邻右舍去要一些剩饭给孩子们吃。而他们自己则整整饿了一天。还债的第二天比第一天还惨。雨从早晨一直下到晚上，直到天黑点灯时分还没有停止。等到夜里十点多钟的时候，雨反而下得更大，更起劲了。

对三轮车夫来说，只有晴天丽日，来往旅客多的时候，才能多揽到生意，多挣一些钱。要是整天下雨，甭说吃饭的钱，就是每天必须交给车主的三元租车费都没有着落呀！

本来头一天就欠了车主一元钱，第二天又只交了一元五角钱，加在一起共欠车主两元五角钱。这下可惹恼了车主。他厉声斥骂昂格，并威胁说要把三轮车收回，不再借给他了。昂格无奈，只好忍气吞声，苦苦哀求。他把家里老婆孩子挨饿的情况讲给车主听，以求得车主的同情和宽恕。

昂格回到家里的时候，饿了一天的四个孩子，有的因为饿得受不了昏睡过去，有的悲惨地哭着要东西吃。更使昂格难过的是，债主又登门逼债，把昂格全家骂得狗血喷头。临走的时候，还恫吓说，如果明天还不上债，就要去警察局跟他们打官司。

昂格和妻子毫无办法，只能默默地忍受这一切凌辱和欺压。

（六）

今天，昂格一大早就蹬着三轮车揽生意。他足足跑了一整天，仰光的大街小巷几乎都跑遍了，好不容易挣到三元钱。他松了一口气，立刻拿着这三元钱，去交租车费。但没想到又遭车主一顿训斥。车主瞪着眼睛说："哼！怎么就给三元钱呀？"可怜的昂格，高高兴兴地去交租车费，却连个好脸儿都没见到。

天黑以后，在风雨还没有到来之前，他又拉到三名乘客，挣了一元两角五分钱。钱一到手，昂格赶紧跑回家去。一进门，昂格就对妻子说："给，拿着，你们母子五人吃饭要紧，先甭管那个放高利贷的！"昂格来不及考虑自己的想法对不对，便把钱交给妻子，转身走出了家门。就在这时，狂风暴雨宛如妙翅鸟追逐蛟龙一般，突然在天地间呼啸着翻腾起来。

昂格急忙躲到一棵枝繁叶茂的大树下避雨。他根本没敢想回家去休息。等到风停雨住的时候，南欧格拉巴新区的勃得达电影院一带，行人和车辆早已绝迹，马路两旁的小店，已经关门打烊了，周围一片漆黑。

昂格被雨淋得浑身发抖。但是，他还不能回家，他也根本不敢回家。他害怕见到债主甚至超过害怕见到眼镜蛇。

四轮出租车早已收车了。刚才，和他停在一起的三轮车也一辆接一辆地离去了。当勃得达电影院晚上九点半那场电影开演的时候，停在电影院前面的三轮车，只有昂格的一辆了。

昂格又饿又累，浑身一点力气也没有。不仅如此，因为刚刚淋了雨，昂格冻得直打牙巴骨。但是，他还是不能回家。为了还清债务，他还要想法挣上两元钱。即使挣不到两元，挣上一元钱也好。

（七）

雨不紧不慢地下着。

昂格披着破塑料雨衣，困倦地坐在三轮车上，盼着能有迷路的人来坐他的车。如果没有迷路的旅客，那他就想一直等到电影散场以后，送那些看完电影的人回家。

昂格在风雨中，默默地等待着。疲乏和劳累使他不断地打起瞌睡来。蒙眬中，昂格不时地听到好像有人在走动的声音。可是，他抬头张望的时候，又连个人影也看不到，四周黑得叫人害怕。

昂格知道要揽到迷路的旅客，恐怕是没指望了。所以，他把希望寄托在看电影的人们身上。他决心等着，不再去听周围发出的声音，索性先眯上一觉，等晚场电影结束以后，送看电影的人回家。

"唉——"昂格又长长地叹了一口气，无可奈何地摇着头，慢慢地打起盹来。

夜，越来越深了。勃得达电影院一带静得令人毛骨悚然。时间不知不觉地到了晚上十一点钟。

昂格在三轮车上不知睡了多长时间。"喂！蹬三轮的！"

突然的叫声，使昂格从梦中惊醒。他睁开眼睛，发现乘客不是一个人而是两个人，心中一阵欢喜。他赶快从三轮车上跳下来，急急忙忙地收拾好座位。两个乘客都是中年人，看样子刚刚喝过酒。嘴里不时喷出一股股浓烈的酒味。看到这种情况，昂格本能地警惕起来，认真地审视着两个中年男子的一举一动。但是，已经晚了，那两个人已经稳稳当当地坐在他的三轮车上了。

"请问，二位到哪里去呀？"昂格问道。

"叫贡！"和其他乘客一样，一个中年人生硬地回答。

昂格心想，到叫贡去，那可真不是一段近路，足足有半英里[1]多呢！况且，路又很偏僻，深更半夜的，回来时又只有一个人，不会有什么危险吧？

昂格顾不了那么多了。不管白天黑夜，不论顶风冒雨，拉车挣钱，养家糊口，这，他不是已经干了大半辈子了吗？这不就是他的职业吗？

雨依旧下个不停。昂格一用劲，蹬动了三轮车。深更半夜，冒雨把这两位乘客送到叫贡去，至少也能挣上两元钱。快点蹬，说不定回来还能赶上送看晚场电影的人回家呢！昂格一边蹬车，一边独自想着，不由得慢慢地加快了速度。他只顾着蹬车，完全没有听见车上坐着的两个乘客都说了些什么。

车上两个中年人正在津津有味地谈论着赌牌的情况。看样子，他们刚从赌场回来。他们是输？是赢？还是不输不赢呢？这只有他俩心里清楚，昂格是不得而知的。当到达波红迪汽车修配厂的时候，车子要往左拐。这时，雨突然大起来了。

"喂，快点！快点蹬！"

车上的两个中年人打着伞，其中的一个对被雨水淋得浑身湿

---

[1]　1英里等于1.6093千米。

漉漉的昂格粗暴地命令道。

　　昂格不理睬他们，只顾拼命地向前蹬车。他心里想的只是快点送走这两个乘客，返回来再去拉电影散场的人们。但是，半夜三更，冒着大雨拉两个人实在不是一件轻松的事。车子过了仰光敏加拉洞铁路以后，尽管天下着大雨，昂格还是累得满身大汗。昂格一天也没有吃多少东西，腹内疼痛，浑身无力，只觉得天晕地旋。但是，他拼命咬紧牙关，使出全身力气向前蹬车。

　　车子到达雷伯当商店时，只听一乘客喊道：

　　"喂，向右拐！"

　　于是，昂格把三轮车拐进了一条狭窄的小巷里。小巷里的路，坑坑洼洼，周围黑洞洞的，没有一丝光亮。虽然昂格小心翼翼地蹬着车子，但车轮还是不时地掉进小坑里。

　　"到了，停下！"

　　昂格蹬着三轮在小巷里大约走了一段路以后，只听两个乘客在车上大声命令道。昂格立刻拉闸，把车子停了下来。

　　两个乘客从三轮车上跳下来，继续兴致勃勃地谈论他们赌牌的事儿。昂格在一旁静静地等待着，以为他们很快就会付车钱。但是，两个赌徒好像没事似的大摇大摆地走了。昂格这才觉得不对头，赶紧向前喊道：

　　"二位请给车费呀！"

　　两个赌徒仿佛没有听见似的，头也不回地朝一个小房子走去。

昂格慌了手脚，赶紧放下手中的三轮车，向两个中年人赶去。

"喂，我说两位老兄，你们还没有给车费呢！"

昂格赶上两个乘客以后，大声提醒他们说。

两个赌徒听到声音，同时回过头来，其中一个皮肤黑乎乎的人气势汹汹地说道：

"什么，要车费，是吗？"

昂格吓呆了。

这时，只听另一个赌徒恶狠狠地骂道：

"赌钱输了，想杀人还找不着呢！你还想要什么他妈的钱？！"

昂格只是为了偿还那笔高利贷，才拼着老命拉这两个人跑了这么远路的。他可不是一个喜欢和别人打架的人。

昂格无可奈何地叹了一口气，转身离开了那两个凶神恶煞般的输红了眼的赌徒。他不怨天不恨地，默默地转过三轮车，顺着来的路格外小心地蹬着车。突然，三轮车"咕咚"一声，掉进坑里，一根车条又断了。

昂格痛心地从车上跳下来，把断了的车条和其他车条别在一起，然后，他没有再骑车，而是推着车向前走着。一根车条要五角钱，如果不小心再坏一根，不就更麻烦了吗？本来就吃不上喝不上，再加上修车钱，那可怎么得了啊！

上了大路以后，昂格突然想起正在看晚场电影的那些人。刚

26

才，他不正是为了拉他们才在那儿等着的吗？昂格为了赶上电影散场，虽已筋疲力尽，但他还是不得不使出最后的一点力气，蹬动了三轮车。

雨猛烈地下着，一股股强风裹着雨点在天地间呼啸着。昂格顶着好像故意与他作对的狂风暴雨，向南欧格拉巴新区蹬去。一路上，没有灯光，没有行人，也没有车辆。

昂格不怕出力气。为了能赶上晚场电影散场，为了能拉上一个乘客，他不顾一切地使劲蹬着三轮车。

但是，昂格迟了。当他来到勃得达电影院门前时，晚场电影已经散场了。看电影的人都已经归去，影院前空无一人。只有黑暗和沉寂冷眼看着可怜的三轮车夫昂格。

作者简介

八莫丁昂，缅甸作家，勃固人。出生于教师家庭，青年时当过兵，做过木材商，曾任缅甸作家协会主席。18 岁时用"摩诃昂"的笔名发表小说《我不能忘却的》；1947 年发表长篇小说《独身者》，获得成功；1950 年创办《鹰》杂志；1957 年创办《鹰》报。他的长篇小说有描写农民运动的《叛逆者》、号召停止内战共同反帝的《内战》、歌颂献身于缅甸独立运动的一位普通妇女的《母亲》、讽刺政府的《繁荣小姐钦钦乌》等。小说发表后，因触怒当局，两次被捕入狱。他还写了以中缅友好为题材的小说《银雾檬漾》和两部历史著作《缅甸历史》《殖民统治时期的缅甸史》。

他的最后一部作品为《角色、生活、作家》。他一生贫困，政治上屡遭打击，但他在困难的环境里坚持现实主义的创作道路。

母　亲

〔缅甸〕瑞吴奥

（一）

夏日中午的太阳热得简直像一团火。母亲头顶着一块深咖啡色头巾，在烈日下，步履蹒跚地行走着。

母亲已经年过花甲，但是，耳不聋，眼不花，头不白，齿不落，走起路来，既不用拐杖，也不用别人搀扶。这也许是老人家的造化。

母亲在人行道上走着，不时向远处眺望。阳光下，远处瑞德贡大金塔闪烁着耀眼的光芒。母亲的心顿时变得轻松愉快。

母亲顺着勃罕贾道雅路来到了瑞德贡大金塔东面的洋灰路上。然后，她沿着稍微倾斜的洋灰路慢慢地向前走去，不知不觉来到了大金塔斜廊的台阶口。母亲在台阶口稍微停了一会儿，凝神地望着上上下下的拜佛的人群。然后，她脱了鞋，把鞋拎在手里，沿着阶梯，拾级而上。

母亲在火辣辣的太阳下走了半天的路，额头上已经渗出了汗珠，身子也感到疲倦不堪。但是，当踏上斜廊口时，她顿时感到周身凉爽舒适。于是，一个念头立刻浮上她的心头：若是先在这儿休息一下，再到塔基广场上去，那该多好呀！母亲这样想着，不由得来到人行道旁坐了下来。

母亲从头上摘下深咖啡色头巾，擦了擦满脸的汗水，然后把头巾放在自己的大腿上。过了一会儿，头巾慢慢地从母亲的大腿上滑落下来，平铺在母亲膝前的地上。正当母亲全神贯注地

迷宫——缅甸短篇小说集

凝视着上下佛塔的人群的时候，从母亲身旁经过的拜佛的人们纷纷把一些零钱扔在母亲的头巾上。母亲茫然地望着远去的扔钱人的背影，又低头看了看堆在头巾里的钱，一下子还闹不清这究竟是怎么回事。即使这时，零钱仍不断地落在头巾上。

母亲在人行道旁坐了一会儿，渐渐地，头上的汗消了，体力也恢复了，身上觉得凉快多了。于是，她用头巾把钱包好，起身来到塔基广场。

"伽崮洞佛。"一走进佛殿，母亲看见佛像前摆着的镜子上写着的几个大字，心里默默地念着。然后，她打开头巾，把头巾里的零钱全部投进放置在佛殿左右两边用来接受香火钱的桶里，接着，她便虔诚地跪在地上拜佛。拜过佛以后，母亲走出佛殿，向佛塔的右边走去。

为了能更好地瞻拜大金塔，母亲正在寻找一个合适的地点。她来到游人很少的吴伟札亭榭。在那里，可以清楚地看见整个塔身。母亲在吴伟札亭榭里拜过佛以后，双眼凝视着金光闪闪的大金塔。在这短暂的刹那间，母亲心头浮上了一丝欢乐。但是惆怅却一直伴随着她。她的心仿佛永远像夏日的骄阳一样灼热。

母亲定神望着瑞德贡大金塔，晶莹的泪水从她那布满皱纹的脸上滚落下来。她的视线变得模糊了。往事又一幕幕地浮现在眼前……

（二）

"舅舅，我们兄妹好几个，怎好把母亲一个人扔在乡下不管呢？"

"你们自己的母亲，怎么安排，当然要由你们来决定。不过依我看，还是要尊重你母亲的意见。"

母亲的丈夫吴波昂突然中风去世以后，生活在仰光的子女都赶回来奔丧。他们在仰光都是有家有业，有职有权，生活稳定的人。父亲吴波昂的头七过后，儿女们坐在一起共商母亲今后的生活问题。

母亲默默地坐在儿女们身旁，心里掂量着跟儿女们去仰光好还是不去好。今天，一起参加讨论的，不仅有儿女们、亲戚们，还有乡亲父老以及村委会的委员们。

"妈妈，我们兄妹几个都住在仰光，只有您老一个人留在农村，孤苦伶仃，叫我们怎么能放得下心呢？"大儿子哥拉敏劝道。

母亲没有吱声。

"妈妈，您老年纪大了，不宜一个人独居。您还是跟着我们去仰光吧！妈妈，我们让您住在东屋里，好好侍候您。"二儿子哥拉温又说。女儿玛腊梅没有表态。她想插嘴说几句，谈谈自己的想法，但是怕哥哥们骂她多嘴多舌，所以她一直憋着不敢开口，只是坐在一旁静静地听着。至于哥哥们呢，从来也没有把她放在眼里，好像她这个人根本不存在似的。

"妈妈我跟着你们去仰光倒也容易。不过，家里有房子，有地，还有牛、牛车，这些东西总不能也跟着你们去吧？所以，这些也得考虑进去。"

"噢，母亲还惦记着这些破烂东西呀！哈哈……"

"我说姐姐，你还是先决定是不是跟着孩子们去仰光，然后再考虑家产的安排问题吧。"

母亲的弟弟吴波廷打断了哥拉敏的话，插嘴说。

"嗳，妈妈，您就把这些全部都忘了吧。总惦着这些干什么啊？您老这么大的年纪了，饲养这两头牛，可不是件小事儿呀！依我看，干脆把牛和车一块儿卖掉得了。房子嘛，既然我们自己不住，也该和园子一块儿卖掉。您老人家反正得跟我们过一辈子，那还有什么舍不得的呢！我说得对吧，舅舅？"

哥拉敏一边说一边用眼瞟着舅舅，向他求援。吴波廷却笑眯眯的，一句话也不说。

"对呀，妈妈，我看哥哥说得有理。我完全同意哥哥的意见，把这些东西全忘掉，没什么值得留恋的。对了，应该像勃印囊在瑙油战斗中那样，把木筏全部毁掉再去打仗，来个背水一战。妈妈只有无后顾之忧，才能安心地住在仰光。不然，得三天两头想回来。"

"哎，腊梅怎么默不作声呀？外甥女，怎么样？你有什么意见，快说说！"

"舅舅，我什么也不想说。妈妈愿意在哪儿就在哪吧！"

"姐姐，只剩你了。你表个态吧。孩子们说的，你是怎么看的，好好想想，这是关系到你今后的一件大事。按照你自己的意愿决定吧！"

吴波廷敦促姐姐表态，在场的人都把目光转向母亲，等着她开口。她沉思着，过了好一会儿才说："那就按孩子们说的办吧！"

"妈妈，太高兴啦！"

两个儿子异常兴奋地同声说道。

"好了，舅舅，两头牛和一辆车现在值多少钱？还有这所房子和菜园子，您给估个价。"

吴波廷用手摸着下巴，笑眯眯地看着他们兄弟二人没有说话。

"说呀，舅舅！"

"两头牛、一辆车估计值一万元 [1] 左右，这所房子和菜园子大概也能值一万元。"

"哈，这么说，那可太好了！用这些钱去投资，妈妈每月至少可以得到一千九百元的利息。"

哥拉温兴高采烈，喜形于色。哥拉敏也一定非常高兴。但是，他并不把这种兴奋的心情表露出来，而是隐藏在心里。

"弟弟，你别高兴太早。你就知道钱。还不知道有没有人买

---

[1] 本文译于1982年。据缅甸商务部发布的消息，2017—2018财年，缅甸国内市场一头活牛的价格约为350万缅元。2024年，1缅元约等于人民币0.0034元。

呢！喂，在座的，哪位想买？"

哥拉敏一面制止弟弟，一面一本正经地对在场的人问道。

"哎呀，哥哥，你这个人呀，你问谁呀！这些家产要卖还不得先卖给舅舅呀！舅舅，您说对不？"

吴波廷一声不吭，只是微笑着看着他们兄弟二人。

"嗯……对……弟弟说得对，要卖也得先考虑舅舅，舅舅不买，再卖给别人。舅舅，您买，是吧？"

这时，吴波廷才开口说：

"你们再问问别人。我即使想买，也没有那么多的钱……"

"哎呀，舅舅，我们时间有限，假快满了。后天，就该回去了。买吧，舅舅。您就别犹豫了！"

"不行啊！我有困难哪！我不想买了。你们还是卖给外人吧！"

听了吴波廷的话，兄弟俩很着急，以为舅舅生气了。

"我们谁也不卖，就只卖给您。舅舅，您还是买下吧！"

哥拉敏急忙说。

"我哪有那么多钱呀！"

"那您现在手头有多少钱？"

吴波廷犹豫了一会儿说：

"只有几千元钱，还不是现钱，得把金子卖了才行。"

兄弟俩一听，不由得同时耷拉了脑袋。大家谁也没有再讲话。屋子里一点声音也没有。过了好一会儿，哥拉温才开口打破了沉默。

"好吧。如果舅舅愿意，就按刚才讲的价卖给您，然后这么办，你们看怎么样？"

"外甥打算怎么办？"

"我想这么办。当然哥哥也需要考虑一下。我们先把舅舅手里的金子拿走。当然是按现在的金价换算。舅舅，那欠下的钱，您什么时候能还上呀？"

"那当然得稻子收割以后，卖了稻子给你们喽！"

"哥哥，你看怎么样？舅舅说得已经相当清楚了。我想干脆一下子把事情说妥得了！"

"弟弟说得也对。我们都是公职在身，不可能总到乡下来。就按舅舅说的做吧。所有的家产算在一起就按两万元出卖。舅舅的金子就算作定钱。按现在的金价换算。"

吴波廷点头表示同意。

母亲来到仰光，住在大儿子哥拉敏家里。哥拉敏有二子二女。除了三岁的最小的儿子，其他三个孩子都已经上学了。哥拉敏夫妇都是机关职员。

母亲到来之前，哥拉敏家里本来请了一个阿姨。可是母亲来后不久，阿姨的母亲突然把她叫走了。于是，家里烧饭做菜，洗洗涮涮等一切活计就都落到了母亲的头上。

孩子早晨和中午去上学以及放学后上辅导班等，母亲得把他们一个个收拾得干干净净，整整齐齐。哥拉敏小两口上班，母亲也得提早给他们做好饭菜，以便他们能准时上班。这些活儿，样样都得母亲去干。从早到晚，天天如此，不能耽误。

如果母亲不做，就没有人伸手。仿佛这些活天生就是母亲该做的。虽说儿子哥拉敏看到老母亲这般劳累，于心不忍，有时也劝母亲少干些。但是，他的爱人基基玛只要一干点儿家务活儿就骂骂咧咧，骂孩子，发牢骚，说怪话。

"自己家里的活儿，当然要自己去干喽！靠谁呀？谁也别靠！只靠自己！"

基基玛的话真是话里有话，弦外有音呀！你怎么去理解都可以。所以，母亲咬着牙把家里所有的活儿都包在一个人身上。只有这样才能清静一点儿，不是吗？

"妈妈——妈妈——"

有一天，女儿腊梅的男人出租车司机妙造突然来了。他是开车路过这里，顺便来看看岳母的。这时，家里只有母亲和一个小孙子。小孙子在屋里睡得正香。母亲把前门闩好，正在洗澡间里嘭嘭地捶洗衣服，妙造大声叫门，母亲怎么也听不见。妙造无法，只好使劲推门。这时，母亲才从洗澡间里走出来。

"噢，是你呀！从哪儿来？"

母亲筒裙下半部湿漉漉的，一边开门，一边问道。

"我开车到附近办事，顺便来看您。这是给您买的橘子。"

"正好，我总想去布斋，你买来了橘子，真是巧极了！"

母亲高兴地接过橘子。

妙造一进屋就到厕所去，走过洗澡间，只见蚊帐及要洗的衣服堆得满地都是，心里不由得一阵酸楚。他从厕所出来，用十分同情的口气问道：

"妈妈，这些衣服都是您洗吗？"

"嗯，有时洗一点儿，不是他们让我洗的。他们上班去了，我才洗几把。好了，你该走了。怎么样，我那小外孙子们都好吧？"

母亲下了逐客令。她不想让任何人知道自己的处境，更不愿让任何人看见。但是，她老人家自从到了这个家以后，就一直干着这种活计。

（三）

"整天像奴隶似的，干一天活儿吃一天饭。看到妈妈的处境真使我感到吃惊。他们也真忍心，让这么大年纪的人干这样重的活！"

妙造把他看到的情景一五一十地诉说给妻子。

"这事儿大哥一定不知道。他要是知道的话绝不可能让母亲干这么多的活儿！"

"哎呀，整天在一块吃，在一起住，怎么可能会不知道呢？我看他是装不知道。你哥哥是个什么样的人，你以为我会不知道。你快把母亲接到咱们家里来住吧！"

就这样，母亲来到了女儿腊梅家里。头几天，母亲的心里感到很惬意。可是还不到一周，出租车司机女婿妙造就现了原形。每天总是喝得醉醺醺的，到了家不是闹，就是骂，鸡蛋里挑骨头，没事也找碴儿，总是和腊梅吵架。母亲只好从中劝说。

"老太婆，你自己安安静静地待着吧！我们两口子打架，你瞎掺和什么呀！"

母亲自从遭到妙造的呵斥后，再也不多说什么，心里感到特别苦闷。

外孙子们闹得比猴子还厉害。母亲实在看不下去的时候，就阻拦一下。可是孩子们却学着他们父亲的腔调说："老太婆，你怎么不安安静静地待一会儿，尽乱管闲事！"

女儿腊梅虽然也听到了孩子们说的话，却并不阻止。母亲实在气愤不过，可还是忍气吞声，没说一个字。

一天，发生了一件事，令母亲实在难以忍受。外孙兄妹之间互相打骂。母亲看不下去，就去拉架劝解。但是被拉开的孩子竟然骂起姥姥来。母亲气得不行，使劲朝孩子屁股上打了一巴掌。

"这孩子，真没教养。太野蛮了！我从来也没见过这样的孩子。和拉敏的孩子们比起来，真是天壤之别！"

一句话触痛了腊梅，只听她气呼呼地反驳说：

"别说没人管教，我也常说他们。可是没办法，他们是孩子，他们哪知道该说啥，不该说啥？"

"我不信，你要是教育他们，他们能这样骂我吗？这都是你惯出来的。这些孩子和你大哥的孩子们比起来真是差远了。人家那些孩子尊敬父母，也尊敬我这个奶奶。一句话，那些孩子互相爱护，互相尊敬。这可不是我硬说他们好，是我亲眼见的！"

"哎！人家要什么有什么，不愁吃不愁穿，当然想让孩子变成什么样就是什么样啦！"

"不，和这没关系！孩子只要你从小严格教育，总可以教育好的！"

"有关系，妈妈。有关系，太有关系啦！"

"没关系，腊梅。你想错了。要使孩子变得文雅、有礼貌，责任全在父母身上。关键是要给孩子们做出榜样，让他们从小爱学习。俗话说'上梁不正，下梁歪'，当父母的整天吵吵闹闹，粗鲁野蛮，孩子们怎能不学呢？等到毛病养成了，再去教育，可就晚啦！"

"是的，是的，哥哥聪明，我们是大笨蛋！"

腊梅气冲冲地对母亲说完，转向孩子们骂道：

"都是因为你们，我们才挨了说！"然后，就动手打起孩子来。孩子们挨了打，又都怨起姥姥来。

"这个臭老太婆一点儿也不老老实实待着。"

说完，孩子们又一起哇哇地大哭起来，简直都要把房顶掀掉了。

腊梅从来没有这样打过孩子，打完以后，又心疼起来。

"死吧！你们都快死了吧！知道吗？我可没法像你大舅那样

供养孩子，我给不起点心钱，人家有遗产，你们从哪儿去弄遗产呀？"

腊梅说的一些毫不相关的话，使母亲感到很惊讶。

"腊梅，你都说些什么呀？"

"说些什么？我说的一点儿也没错。他们的爷爷奶奶又没死，哪有遗产。我到哪儿去弄那么多钱给他们买点心吃？"

"腊梅，你说的可不对。你的话也太让人伤心了！"

"我不是有意伤人，我说的都是真话嘛！人家乡下的爷爷死了，卖了房子、地和车马牛骡，得了遗产，阔起来啦！难道不是这样吗？"

"噢，我还没死，你就想要遗产了？"

"我不想要，也没那份福气！谁把我看在眼里？他们甚至都不承认有我这样一个妹妹！"

母亲不知说些什么才好。她一点儿也不知道变卖家产所得的钱全让拉敏和拉温哥俩给瓜分了，腊梅连一个子儿也没得到。她为此事心里不满已经很久了。

"哥哥他们两口子都是拿薪水的知识分子。他们的工资足够他们全家人吃喝穿用了。关于这些，妈妈您是都知道的。我们可比不了人家。挣一天吃一天，他爸爸一天不开车，全家人就都得挨饿。我们过的是穷日子，妈妈一点儿也不替我们想想。妈妈，都怪您不中用！"

"对！对！我不中用了！只配给你们洗脏筒裙了！"

每次女儿或者是儿媳妇生孩子，只要来个信儿，母亲总是有求必应，到仰光来侍候她们。从毛淡棉到仰光，又从仰光到毛淡棉，母亲来回奔忙。在儿子和女儿的十二个孩子当中，母亲亲手带过的就有十一个。母亲每次到仰光来总是等女儿或者儿媳出了月子才回家。

每当母亲回家的时候，女儿和儿媳们常常把一些穿得破旧不堪的衣服硬塞给她，即使不愿要，也只好拿回家来。

为了不让别人笑话自己的儿子和儿媳妇，每次在回家的途中，她总是买几件新的筒裙，到家以后对老头子说这是女儿和儿媳们孝敬的。但是，知道底细的丈夫吴波昂对这些东西却连看都不看一眼，总是把脸转向一边直撇嘴。于是，母亲一面斜眼瞪着丈夫，一面急忙收拾起衣物放进屋里。

"哎，谁都把我当作一个老奴隶使唤。算了吧，什么也别说了。我老婆子年纪大了，不中用了，即使干也干不好了。哎呀，我那死了的老头子呀，你快回来看看我吧！"

母亲一边给女儿洗筒裙，一边伤心地痛哭起来。

（四）

"妈妈，真难办！根本没法复习功课！"

"是的，妈妈也知道，这对你们干扰太大了。等一等，你们小孩子什么也别说，我去找你们爸爸说去。"

杜漂漂说着向东屋走去。

杜漂漂母子在餐室里一边喝茶，吃早点，一边小声说的话，在厨房里忙着干活的母亲听得真真切切。

母亲从女儿家来到住在甘拜的二儿子家已经快两个月了。

"妈！"

母亲正在整理蕹菜叶子，听见哥拉温的叫声，忙抬起头来。

"什么事呀，孩子？"

"您孙子快考试了，正在复习功课，您……"

哥拉温把到嘴边的话停了下来，没有说出口。母亲虽然已经知道儿子要说什么，却装着不知道的样子说：

"嗯，孩子们挺用功，一定会考好的！"

"是呀！孩子们学习很努力。所以，凡是关于学习的事儿，我们总是从各方面照顾他们，给他们创造条件，尽量满足他们的要求。"

"对！对！为了孩子们的学业就得多照顾他们点儿。你们读书的时候，我也是这样对待你们的呀！"

母亲不仅顺着儿子的话头儿说，而且还有意说了一句她过去含辛茹苦供孩子们上学的话。这下子可把哥拉温的嘴给堵住了。他再也说不出话来。过了好半天他才转弯抹角地说：

"妈妈，是这样的。您的孙子们一大早就起来温书，晚上到半夜才睡觉。这样，他们复习功课的时间和您拜佛祈祷的时间就发生了冲突。孩子们说您的祷告声吵得他们无法读书。妈妈，您早晚的祈祷声对孩子们干扰太大了！"

哥拉温说是说了，可心里却觉得不安。

"噢……噢……妈妈的祷告声干扰了他们……嗯……嗯……"

母亲缓慢的话语中，充满了难过和辛酸。

"妈妈，您祷告的时候，能不能不出声？"

"啊……啊……可以，可以。心诚则灵。心诚最重要呀！但是，孩子，妈妈祷告时闭着双眼，心里只想着佛祖，嘴里诵念佛祖的功德。大声祷告是为了不让尘世的嘈杂影响自己。自己诵读佛祖的功德，自己再听一遍，可以对佛祖更加虔诚。"

"是呀，妈妈说的我都理解。但是，还是等孩子们考试过后，您再大声祷告吧！这几天，您就小声点儿，成吗？"

"成！成！……"

母亲的心情沉静下来。她开始回顾自从来到儿子拉温家所看到的情景。她发现拉温家的佛龛虽然布置得很庄重，令人肃然起敬，但是，她也没看见有人去拜过佛。给佛献花、敬水这些事只有母亲去做。他们虽然也时常买些鲜果来，但并不是出于自愿，而是为了给前来做客的朋友们看，显示一下他们对佛的虔诚，以便给自己脸上贴金。

母亲闲着的时候，坐在东屋里，总是习惯性地坐在地板上。儿子、儿媳以及孙子孙女们明明看在眼里，却熟视无睹。他们大模大样地坐在母亲身旁的椅子上，读报的读报，写字的写字。他们这样做不怕造孽，可母亲却不敢长时间坐在东屋，因为怕叫人看见了遭耻笑。所以，她只好到厨房里去坐。

母亲是乡下人，她身上依旧保留着农村人的好习惯。但是，儿子和儿媳却看不顺眼，常说："妈妈真是土里土气，让人一看就知道是个乡下来的老太婆！"他们还给母亲定了许多清规戒律，常对母亲说"别这样坐！""别这样说话！""别再穿这样的上衣和筒裙！"

母亲无所适从，不知如何是好，心情郁闷，常常独自一人坐在给她指定的厨房旁边的那个小黑屋子里。

母亲的心情没有欢快的时候，但是她却总是自我安慰说："唉！是我的命苦哇！"自从多年养成的大声诵读佛经、闭目拜佛的习惯被制止以后，她更加痛苦了。

所以，母亲趁儿子和儿媳不在家的时候，经常独自来到瑞德贡大金塔拜佛祈祷。

（五）

"哎呀，亲爱的！我都没脸活了！"

哥拉温的妻子漂漂一走上家里的楼梯就向丈夫诉起苦来。

"怎么了，我的漂？发生了什么事情？快说！快说呀！"

听到爱妻的话，哥拉温吓了一跳，慌忙问道。

"能有什么？你的母亲，你的妈，到瑞德贡大金塔跟人家要钱去啦！"

"嗯？这不可能！母亲就在家里，怎么可能到大金塔去向人讨钱呢？！"

"哎呀，这是我亲眼见的嘛！你知道，我有个朋友叫妙妙茂。她从眉苗来，邀我陪她去瑞德贡大金塔拜佛。在大金塔斜廊我亲眼看见你母亲跟人要钱！"

"漂，你可能看错了。在那儿，像母亲这么大年纪的人要钱的多的是！"

"是的，那里要钱的老太婆确实很多。不过，我的确在那儿看见了你母亲。一点儿也不会错，就是你的母亲。她现在在哪儿？回来没有？不信，你去问问看。"

哥拉温立刻走进厨房。漂漂紧紧跟在丈夫后面。

"妈呀！妈！妈！"

性急的哥拉温气冲冲地喊道。

"我在这儿，孩子！"

站在水池旁正在拾掇鱼的母亲心平气和地答道。

"妈，今天您去拜佛了吗？"

母亲昂起头，惊疑地望着儿子拉温的脸。

"怎么啦？中午我去了呀。"

漂漂扭头瞟了哥拉温一眼，眼睛里充满了自得的神色，仿佛在说："你看，怎么样？我说的没错吧！"

"妈妈，您坐在长廊阶梯旁跟人家要钱了吧？"

漂漂突然问道。

"没有哇！我没跟人家要钱哪！"

母亲抬起头来，紧盯着儿媳的脸说。

"什么？没要？别骗人！我是亲眼见到才说的！"

漂漂的说话声和那说话的样子充满了盛气凌人的神气。

"我不会撒谎。你让我来解释一下。"

"不要解释了！四平八稳地坐在斜廊旁，把头巾铺在前面地上，跟拜佛的人要钱，我说的没错吧？！"

母亲一时不知如何回答。她想把事实真相讲清楚，但是不等她开口，他们又一连串地问了许多问题，弄得母亲总说不到点子上。她心里憋着一大堆话要说，但又不知道从何处说起。

"我确实坐在斜廊旁。我走累了，用头巾揩过汗，不小心头巾飘落在膝盖前，这倒是事实。但是……"

"够了！妈妈，别说了！您还不如用刀子刮儿子的脸呢！"

性情粗暴的哥拉温不等母亲说完，怒气冲冲地说。

"不对！孩子，不对呀！你再容妈妈解释一下！"

"用不着解释了，妈妈！"

哥拉温痛苦极了。他一面说一面愤怒地向东屋走去。

母亲又用衣襟擦了擦流下来的泪水，无心再去干活，无言地走出自己的小屋，号啕大哭起来。

母亲一直伤心地哭哇哭，哭声中还夹杂着含混不清的话语：

"哥波昂呀，我那老头子，你快回来看看我吧！……"

（六）

哥波昂是在英国殖民主义统治缅甸的时代长大成人的。小时候，他在寺庙里读过书。十二岁那年，当了庙里的小沙弥。后来还俗后，在家里帮助父母做些农活儿。

哥波昂是一个很能干很出众的小伙子。到了当婚的年龄，这个勤劳、耿直、憨厚的年轻人就和玛申（母亲的名字）结了婚，建立了自己的小家庭。农忙季节，哥波昂就干农活儿。收获季节一过，产鱼的旺季到来时，他就去担鱼。担鱼是一件异常劳累的工作。从海边塞拜拉渔村往自己住的潘巴村担鱼，路途又远又艰险。每当丈夫担鱼回来，玛申就顶着鱼盘到市场去叫卖。为了生活，他们同心协力，夫唱妇随。日复一日，他们成了孩子们的父亲、母亲。

他们这样奔波劳累、含辛茹苦，不为别的，就是为了两个儿子和一个女儿，使他们能学到现代科学知识。

哥波昂夫妻俩原是有三个儿子的。貌拉吴，他们的大儿子，没有进过学堂，很小的时候，爷爷奶奶就把他送到寺庙里当了小和尚。他很受住持方丈的宠爱，每天和方丈形影不离。后来方丈到上缅甸[1]去拜佛，年仅十二岁的貌拉吴也跟着一块儿去了。

一个月以后，爆发了第二次世界大战。从此，貌拉吴音信皆

---

[1] 缅甸人习惯上以曼德勒为界，把缅甸分为"上缅甸"和"下缅甸"。曼德勒以北，包括曼德勒在内，称为上缅甸，曼德勒以南称为下缅甸。上缅甸是缅甸中部和北部地区，下缅甸是缅甸南部地区。

无，再也没有回到村子里来。母亲甚至以为他可能已经不在人世了。如果现在还活着，他已经五十出头了。

自从出了这件事，哥波昂再也不送儿子到寺庙里去了。他怀着望子成龙的心情把孩子们送进了正规学校，让他们有机会学到现代科学知识。

哥波昂夫妇舍不得吃，舍不得穿，省吃俭用，省下钱来供孩子们上学，从来不让他们为了学费而受窘。"我们这些长工、挑鱼夫的子女一定要成为获得文凭的有知识的人！"这是哥波昂夫妇的誓言。现在，这誓言终于变成了现实。

哥拉敏兄弟俩相隔一年先后考上了大学。消息传来，做父母的甚至比儿子还要欣喜若狂，感到万分自豪。但是，哥波昂的愿望才只实现了一半，不能因此而满足。他让孩子们一面工作，一面攻读大学。

在父母的安排下，哥拉敏哥儿俩先后来到了仰光，并分别找到了工作。他们一边工作一边在大学里学习科学文化知识。后来，他们取得了文凭，有了正式工作，随之升职加薪，不久，又都成立了家庭。

得了大学文凭的儿子要办喜事，对母亲来说是个压力很大的事，得尽量把婚礼办得隆重、体面，这任务便完全落到了母亲的肩上。为了不使儿子感到寒酸，母亲只好把平日里省吃俭用攒下来的所有积蓄以及一切能弄到的钱全部交给儿子办喜事。对大儿子拉敏是这样，对二儿子拉温也是这样，母亲尽了做老人的责任。

两个哥哥成家以后，女儿腊梅就住在他们家里，在首都仰光上了中学。但是十年级还没有毕业，腊梅就跟现在的丈夫出租车司机妙造私奔了。

虽说母亲还没有得到孩子们的报答，但是，她内心感到欣慰，特别是看到孩子们不用怎么奔波就可以养活妻子儿女，更加由衷感到高兴。

"唉！……"

母亲长长地叹了一口气，把身子转向另一边。时间已经是下半夜了。母亲思前想后，辗转反侧，夜不成眠。

"有一天你要遭大罪的！"

母亲的耳边仿佛又响起了丈夫吴波昂的声音。

"我们现在已经老了，你们还给我们找麻烦吗？"

吴波昂不像平时那样怒不可遏，而是语气低沉，万分悲伤地说。

一年到头奔波劳累的吴波昂老两口省吃俭用积攒了一些钱。他们把钱换成了零碎的金子珍藏起来。这事，孩子们是知道的。所以，哥拉敏兄弟经常从仰光回到乡下来看望父母。

"妈呀！虽说我一个月挣五百多元钱，但还是不够用，几乎每个月都亏空。您的孙子上学得花五百多元钱，现在书也读不起了。您就可怜可怜我们吧！给我们一点钱，以后一定还给您！"

哥拉敏尽量找理由乞求母亲给他一些钱。

没几天，二儿子哥拉温又来对母亲说：

"妈呀，因为怕您老着急，我们一直没跟您老说。现在不说不行啦！妈，我们已经是山穷水尽，走投无路了！"

母亲听了，惊愕地问：

"孩子，到底是怎么回事？你快说呀！"

"是这样的。妈妈，我们已经几个月拿不到薪水啦！"

"为什么呀？"

"还能为什么呢？我们每月的生活费不够用，就去借债，再不够，又去借。现在已经欠下一大笔债了。我每月的四百元工资去掉还利息的就所剩无几了！"

"是吗？！那么你们每个月吃什么呀？"

母亲看着儿子，关切地问。

"那只好找朋友去借了。今天借，明天还，借点还点，东借西借，凑合着过呗！"

"哎呀，你们的困难可真大呀！"母亲难过地说。

"所以，我们才到您这儿来。实在是一点儿办法也没有了。妈呀，开始我们本不想告诉您老，可是现在实在没法了，才来求妈妈帮助的。"

母亲完全相信孩子们说的话。她同情他们，总是把自己积攒的一点钱毫无保留地送给孩子们。最后一次，母亲已经没有钱了，但她还是把自己偷偷留起来的零碎的金子给了儿子们。

"你想想看，对待子女，我们可算是尽了义务。甚至都过了头。现在连我们自己准备的养老钱都给光了，我们可就一无所有了。"

"我们要钱干什么呢？死了又不能带走！"

"当然，我知道死了是不能把钱带走的。但我指的是，为了我们老了能够生活，需要留点钱。现在好了，全给光了。你看着吧，等我一死，你就有罪遭了。你可要留神呀！"

"是呀，哥波昂，你说得对呀！现在，我不就是正在遭罪吗！"泪水不断地从母亲的脸颊上滚落下来，像断了线的珍珠一般。她不停地哭呀哭，一直哭了很久。她哭累了，哭得浑身一点儿力气也没有了。她强打起精神，用毯子头儿擦了擦泪水。以后可怎么办呢？该怎么做呢？母亲思索着，想要做出抉择。

"姐姐，假如你在仰光住不惯的话，还是回村子里来吧。我养活你一辈子。"母亲临到仰光前，弟弟吴波廷凑近她说的话，此时又回响在耳边。

想着这句话，母亲心里又增添了生活的勇气。

"嗯，对，我回村去！"

母亲终于做出了决定，并且决定立刻就走。

天亮了，人声、车声又开始嘈杂起来。母亲从床上爬起来，从绳子上取下自己的头巾。然后，轻轻地推开了后门。

母亲在昏暗的灯光下，急急忙忙地向马路走去。到了汽车站，她赶上了 7 路公共汽车。直到上了汽车，她才开始想下一步的计划。母亲决定，先到大金塔最后一次痛痛快快地拜拜佛。

拜佛后，在大金塔附近寻找坐落在去毛淡棉方向的孟邦和尚庙，到那里去乞求帮助。求得帮助后，再经孟邦转桥松镇区，回到自己的故乡。

母亲来到大金塔塔基广场时，太阳刚刚从东方升起。一踏上塔基广场，她心里就感到万分舒畅。她虔诚地跪在地上，一次又一次地拜佛，直到拜够了，才慢慢地站起身来，从右边绕着瞻仰佛塔。

在晨光中瞻仰大金塔的雄姿，母亲心里真有说不出的兴奋。她已经记不得自己围绕大金塔转了几圈。最后，她走到西北角吴巴基佛亭前的台阶上坐下来休息。

"妈妈，咱们就在这块圣地上祈祷吧！"

母亲被一个姑娘的话声吸引住了。她回头看看，只见那位姑娘和她的母亲正跪在塔基广场上画着蓝色星星图样的地方虔诚地拜着佛塔。母亲看着那姑娘和她母亲拜塔的举动，心里油然产生了要在那块圣地上祈祷的念头。但是，在叫作"圣地"的那颗大星星上面拜佛的人一个接一个，一对接一对，真是多极了！母亲只好坐在吴巴基佛亭的台阶上，等人少了以后再去。过了一会儿，人少了，母亲赶紧走过去，跪在画有蓝色星星的圣地上，朝着佛塔重重地叩拜了三次。

母亲按照刚刚想好的计划，走下了塔基广场。她一边走，一边不时回头望着大金塔，不知不觉地顺着大金塔西面的斜廊走下去。

当母亲走到斜廊中间的时候，看见一位高僧向上走来。母亲按照农村人的习惯，跪在路旁，摘下肩上的披巾，铺在前面，给高僧磕头施礼。

高僧无意中看见乡下的习俗，便停下了脚步，望着母亲，直到她施礼完毕。

"请问女施主家居何处？"高僧问道。

"弟子是比卢岛人。"

"啊！……原来是比卢岛人！是哪个村子的？"

"是潘巴村的，法师。"

"女施主叫什么名字？"

"弟子名叫杜申，法师。"

高僧目不转睛地望着母亲，继续问道：

"女施主现住哪里？"

听到高僧的问话，母亲难以启齿，过了好一会儿才说：

"弟子和儿子、女儿们住在一起，不过现在……"

母亲没有再说下去，喉咙哽咽着，说不出话来。

"现在住在哪儿？"

母亲没有马上回答，想说的话都堵在嗓子眼儿说不出来。高僧望着母亲，露出无限的同情。

"女施主现在想往何处？"

"弟子想回故乡潘巴村。"

高僧已经察觉了母亲的苦处。他还想了解母亲一生的经历，便又继续往下问。

母亲含着眼泪把自己的经历一一向高僧倾吐之后，心里感到轻松了许多。修行了多年的高僧听了母亲的诉说，也不由得感慨万分。

"女施主的命运可真不好呀！"

高僧的话语里充满了同情和哀怨。

"是的，法师，我也这样想。我的命太苦啦！"

母亲颤抖着用嘶哑的声音回答。

"是呀，好运和厄运是连在一起的。好的力量大就向好的方面发展，厄运的力量大就向坏的方面发展。"

母亲洗耳恭听着高僧的教诲。高僧讲了一会儿又告诉母亲说：

"女施主，你在回村以前，如果需要住宿的话，你到那边佛亭说一声就行了。"

高僧说完，离开了佛堂，向下面塔坛方向的寺庙走去。

（七）

讲经堂布置得十分庄严肃穆。大厅里坐满了社会名流、达官贵人、商人、经纪人等各阶层人士。镶嵌着金银珠宝的法座闪烁着耀眼的光芒。在通往法座的地上铺满了各种鲜花，显得异常好看。

"讲毗婆舍那经的法师来啦!"

扩音器里的话声刚一结束,人群中爆发出的嘈杂声就像火被水扑灭一样立刻消失了。人们纷纷朝着法师来的方向翘首张望着。

法师气宇轩昂,神采奕奕,步入讲经堂。法师走过鲜花铺成的小路,在没有上法座以前,转过身去,背向听众,做了一件什么事情,然后才走上法座坐定。

法师吴威玛拉雅那扫视了一下下面的听众,然后按照戒规,闭上双目,等候受戒。受戒完毕,法师开始讲经。

这一次,法师不像平时那样讲些人生无常、轮回转化等佛经的理论,而是把父母的功德、恩情夹在佛经里面讲授。

坐在前排的听众,虽然也在听法师讲经,可眼睛却盯着法师的法座。原来在法座下面铺着的鲜花上,盖着一条很脏的头巾。听经人感到迷惑不解,就想问个究竟。

法师吴威玛拉雅那讲完经以后,走下法座,准备回寺院去。当法师走出讲经堂的时候,坐在前排的听众双手合十问道:

"法师,请允许我禀告一事!"

"你想禀告什么,施主?"

"法座下面的鲜花上有一条头巾,那是怎么回事?请法师指教!"

法师斜视了一下听众,然后说道:

"这条头巾是坐在那位施主旁边的老人家施舍的。她是我的生母。"

"嗯？……"

"啊？……"

听众们转头看着母亲，感到万分惊奇。然后立刻向母亲围拢过来。

法师吴威玛拉雅那按照法规，气宇轩昂地一步一步地离开了讲经堂。

译于 1982 年 4 月《韦达夷》

作者简介

瑞吴奥，原名吴丹吴。缅甸作家。1918 年 11 月 24 日生于勃固地区岱吴镇区大佛塔村。其父是医生吴敏瑙，其母杜丁。瑞吴奥自幼学习三藏经文学，通过了三藏经初级、中级和高级考试。他在英国统治时期，出家为僧，35 岁（1953 年）时还俗。瑞吴奥精通日语和英语，1956 年至 1957 年在出版社担任校对兼编辑，主要负责《我们的国家》期刊的通讯专栏、诗歌专栏和文章专栏。他 1951 年开始在《仰光日报》特刊上发表诗歌，此后在《汉达瓦底报》《联邦日报》《新光报》《缅甸时代报》《中流砥柱报》《劳动人民日报》《先锋报》等报纸上陆续发表了诗歌、短篇小说和文章。著有《动物养护》《巴利语词典》《缅甸作家》《历史人物》等。

报　复

〔缅甸〕敏野

办公室里十分安静，大家都在忙于工作。听差郭波德坐在首长办公室门前的一把破椅子上，默默地想着自己的事情。他掐着手指算了算，妻子怀孕快九个月了。想到自己马上就要当爸爸了，他心里美滋滋的。郭波德和林妩三十多岁才结婚。郭波德盼望妻子早生孩子，因为她的育龄期已不长了。他曾担心她是否还能生儿育女。他们婚后第 2 年，林妩怀孕了，郭波德乐得整天合不拢嘴。

林妩见到盼子心切的丈夫那个高兴劲儿，自己也兴奋得热泪盈眶。她知道丈夫非常喜欢小孩，她常看到他把邻居的小孩亲热地放在肩上或背上。她希望自己的育龄期延长，以满足丈夫的愿望。刚刚怀孕时，她没有告诉丈夫。她不确定自己是否真的怀上了，如果让他空欢喜一场，他会更加难过的。

当林妩把怀孕的事告诉郭波德时，郭波德高兴得手舞足蹈。

从那以后，郭波德便开始考虑子女的未来了。他想，自己因为没有文化才当了听差，将来一定要让孩子受高等教育。他经常和林妩谈及此事。

"我想让孩子念大学。"郭波德说。

"你呀，怀孕才三四个月，你就筹划起他上大学的事来了！"

"林妩，我们不是收入少吗？从现在起，就得有个计划，开始攒钱。"

"你别急，我们每月的收入大约有两百元钱。我们节衣缩食，准能攒到一笔。"

林妩在一家织布厂做工，织一块筒裙布挣一元钱。她一天可以织三四块。郭波德也不再像从前那样糊里糊涂地过日子，脑子里开始有了个算盘：一个月攒一百，一年一千二，十年一万……

　　林妩怀孕后，郭波德严禁她吃辣椒，要喝热汤和热水。一贯嗜辣的林妩，一则因为爱孩子，二则怕郭波德，不得不控制自己。有时，她趁郭波德不在家偷偷地掰一块青椒放在嘴里，解解馋。如果让郭波德瞧见了，林妩准会挨剋。

　　"你呀，好像不吃辣椒就活不了！真不懂事！吃辣对孩子和你自己的身体都没好处，你要当心！"

　　林妩像犯了错的孩子静静地听着郭波德的训斥。郭波德不再让林妩洗毯子、蚊帐等大件物品，但给别人洗又怕影响储蓄计划，所以他只好在假日里自己动手。

　　夫妻俩经常猜想孩子有多大了。郭波德还常常轻轻地抚摸妻子的小腹，说：

　　"我的女儿该不会窒息吧？"

　　林妩看着丈夫着急的样子，不禁笑了起来。她知道这是父母对儿女的感情的自然流露。如果可能的话，她真想在肚子上开一个口子，让丈夫仔细瞧瞧。几个月过后，胎儿的脚开始在林妩的肚子里蹬起来了。每当这时，她就会高兴地对郭波德说：

　　"郭波德，你的小儿子在动啦！"

　　"啊？是吗？大概想问候爸爸了吧？"

　　"不，是想看看妈妈！"

夫妻俩开着玩笑，沉浸在幸福欢乐之中。

郭波德盼望生女孩，林妩却想要生男孩。两人有时为此争论不休，就拿一枚硬币来算命：把硬币抛到半空中，如果落地时正面朝上，意味着生儿子；反之，则意味着生女儿。当硬币反面朝上时，郭波德总是兴奋地叫喊：

"嘿！是女儿！是女儿！……"

"郭波德！"

首长的呼唤声。

"什么？女儿？"

郭波德醒悟过来，赶忙推门进办公室，见首长莫名其妙地瞅着他。

"喂，郭波德，刚才我叫你，你是怎么回答的啊？"

郭波德微笑着把事情的原委讲了一遍。

"哎呀，你真行，想孩子都快想疯了！"

"先生，怎能不想呢？四十得子。我老婆以后也许再也不能生了。"

"好啦，去把草稿送给主任。"

郭波德拿着草稿离开了办公室。首长若有所思地点着头，目送他离去。

星期六只上半天班。下班后，郭波德来到市场，径直走到儿童服装和玩具的柜台前。

"先生，您想买点什么？请看看吧！"

店主殷勤地向郭波德打招呼，但他不答话，只是仔细地看着货架上的商品。看到一个带发条的乌龟，他特别喜欢，于是，花五元钱买了一个。回家后，林妩埋怨他说：

"波德呀，你尽乱花钱，刚出生的孩子怎么会玩带发条的玩具呢？"

"我这是碰上才买的，以后说不定买不到这种玩具了。"

"买不到，就买别的嘛！"

"我不想买别的。有个故事说乌龟虽然爬得慢，可是，它坚持不懈，最后到达了目的地。"

林妩不再说什么了。她挺着大肚子给郭波德准备饭。郭波德洗完澡，坐在饭桌旁。桌子上等待他的是糙米饭、煮豆和酸叶汤。郭波德默不作声地吃着。林妩坐在炉灶旁，准备给郭波德添饭加菜。

"咱们攒了多少钱了？"郭波德问道。

"还是原来的那个数。现在我不能上工了，只有你一份工资，有时不得不动用攒下的钱！"

"是啊，钱要攒，可你也得注意身体呀。"

"我每天吃奥多大夫给开的药，要是不花药钱，你的工资就够用了。"

饭后，郭波德打开钱包数了数，又包好放回原处。郭波德给小乌龟上了弦，它像真的似的，慢慢向前爬动。郭波德想：

"乌龟虽然爬得慢，但有毅力，终于赢了兔子，首先到达终点。"

郭波德总是这样激励自己，他小心翼翼地把乌龟包好，放在摆放敬佛用的花瓶的架子上。晚饭后，林妖说肚子疼。郭波德让她上床躺着，然后轻轻地抚摩她的肚子。林妖阵痛的间隔时间越来越短了。

郭波德同有经验的邻居们商量，都说林妖临产了，建议送她去医院。"如果请接生婆在家生，搞不好还得送医院，医院器械齐全，还是送医院吧！再说林妖年龄又大了。"

就这样，郭波德同堂兄吴波卡和邻居两位大婶，把林妖抬上一辆马车送往医院。林妖披着毯子，痛苦地倚靠在马车的围栏上。

"不知今天值班的医生是谁？"郭波德问道。

"是丹敏医生。下午我已送过一趟病人啦。"车夫边吆喝着牲口边回答。郭波德一听顿时傻了眼。他曾听到许多有关丹敏医生的传闻。丹敏医生对待患者，尤其是穷人，总是冷若冰霜。在给患者检查时，如果患者动作稍微慢了点，他就会不耐烦地斥责说：

"快点啊！又不是你一个人，还有好多患者等着看病呢！"

"大夫，实在太疼了。"

无论是住院病人还是门诊病人都很怕他。一般人都别想从他那儿听到温和的语言，看到微笑的面孔。有一次，丹敏医生在替病人做检查时，陪同的人不断替患者回答他提的问题。他非常生气，厉声吼道：

"别插嘴！是你，还是他有病？"

"是这样的，大夫……"

"少管闲事，我是问患者！"丹敏医生生气地说，然后问患者："你一般在什么时候发烧？"患者瞧了瞧陪同的人，那人马上回答说：

"下午。"

丹敏医生气愤地朝那人斜睨了一眼，没好气地说：

"你是什么人？不懂缅甸语咋的？"

"我懂，先生，可患者是个哑巴，不会说话。"

丹敏医生不吱声了。凡事抱有善意是非常重要的，而丹敏医生对人缺乏善意和同情心。当病人在痛苦呻吟，病人的亲友满怀希望地找他的时候，他却冷若冰霜地说：

"你们总往我这儿跑干什么？我不是已经给他打针吃药了吗！"

"大夫，病人腿疼得直叫唤呀！"

"疼是正常现象，生了病就只得忍着点！"

病人的亲友无可奈何，只好不再求他。丹敏医生在门诊部也是这样。他挨号叫病人时，碰巧有的病人上厕所或有其他事不在，他就大发雷霆。

"你们来看病就得耐心等着！"

病人知道丹敏医生的脾气，都不敢作声。有时，病人吃完他开的药，告诉他不见效，他便大为不快，认为这是对他的侮辱。有时患者向他打听一下自己得的是什么病，他也很不耐烦地说：

"知道这有什么用？告诉你，你也不懂，能治好就行了呗！"

在政府开设的医院里，丹敏医生对病人总是没有好脸色。可是在他自己开设的诊所里，态度却迥然不同，脸上总是堆满了笑容。病人来了，他常常先给注射。但是，"注射液"可能是雨水，也可能是一点点针剂，一支针剂要四元钱。

郭波德听到过许多类似这样的事情，所以他忧心忡忡。到了医院，他搀扶着林妩走进病房。他看见那儿有几位刚生产的妇女和两位值班护士，却不见丹敏医生的踪影。一位护士给林妩办理了登记手续，让她等医生。林妩躺在床上痛苦地呻吟着。郭波德焦急不安，一会儿瞧瞧林妩，一会儿望望外面，看医生是否来了。

大约过了半小时，丹敏医生总算来了。他马马虎虎地做了一下检查，对值班护士吩咐了几句便走了。郭波德虽然对丹敏医生的态度不满，但还是追到医院门口，满脸堆笑地对一只脚已踏上小汽车的丹敏医生说：

"大夫，她什么时候能生？"

"我又没长慧眼，怎么知道呢？"丹敏医生紧皱眉头，不耐烦地回答道。

"大夫，请您凭您的经验估计一下。"

丹敏医生刚要发火，却突然又变得温和起来：

"现在还不会，可能要到明天早晨。"

丹敏医生发动汽车。车"呜"的一声开走了。郭波德呆呆地站立在飞扬的尘土中，看着小汽车走远了。当他回到产房时，堂兄吴波卡问他打听到什么结果没有。

"医生说现在还不会生。"

"他说什么时候回来？"

"没说。"

吴波卡和两位邻居大婶坐在医院门前，议论着林妩。郭波德穿梭似的一会儿来到他们三人跟前，一会儿又跑去看林妩。林妩腹痛难忍，不停地呻吟着，但只要稍微好一点儿她便强作笑脸，以消除郭波德的忧虑。郭波德鼓励她，叫她不要害怕。护士按照丹敏医生的吩咐，在给林妩吃药。

晚上九时，林妩开始呼吸困难起来，她感到窒息。郭波德慌忙把病情告诉护士，护士让他去找医生。于是，郭波德和吴波卡急急忙忙跑到丹敏医生家门口。铁门紧闭着，前屋虽然灯火通明，却不见一个人影儿。郭波德故意使劲地咳嗽两声。吴波卡在寻找门铃。门铃响过，一个佣人模样的年轻人走了出来。

"什么事？"

"丹敏医生在家吗？"吴波卡问道。

"他刚从诊所回来，正在吃饭。"

"我想见见他。"

"你们是谁？我得先跟他通报一声。"

"你说郭波德，刚送到医院产房的林妩的家属，他就知道了。"

佣人走进后面的餐室，不一会儿回来对他们说：

"医生让你们过一会儿再来。"

"你跟医生好好讲讲，病人情况严重，我们就在这儿等着他。"

佣人挠挠头皮，觉得事情很难办，可又不能不去讲，结果，从餐室里传出了愤怒的责骂声：

"难道你听不明白我的话吗？滚！滚！"

佣人沮丧地走出来说：

"先生发脾气了。请你们两位过一会儿再来吧！"

他俩面面相觑，悻悻而去。过了半小时后，他俩又来到丹敏医生家。这次医生接见了他们。

"好，说吧，有什么事？"

"大夫，林妩现在呼吸困难，喘不上气。"

"这好办，好办，我打个电话给值班护士，告诉她怎样处理就行了。"

"大夫，您能不能……"丹敏医生板着面孔，瞪了郭波德一眼。郭波德没敢继续往下讲。

吴波卡说：

"大夫，病人极度疲乏，身体很虚弱，我怕不能顺产。"

大概丹敏医生认为吴波卡有点班门弄斧，厌恶地瞅了瞅他。

吴波卡并未察觉，还在继续往下说：

"林妩跟我老婆遇到的情况相似，当时就是值班医生亲自给接生的。"

"你们既然是内行，就自己接生吧！"丹敏医生提高了嗓门说道。

"哎，大夫，别误会，我只不过是对您讲讲病人的情况罢了。"

正在这时，前屋的电话叮铃叮铃地响了，佣人拿起电话，接着对丹敏医生说：

"先生，吴东吞县长来的电话。"

丹敏医生忙起身去接电话，他跟县长讲话时，刚才那张冷冰冰的面孔不见了。

"是的，您别担心，夫人怀孕才五个月。前天我检查过了，情况正常。噢……噢……弄不到黄体酮？那就吃绒毛膜激素吧！我刚回来，好，好，我这就去。"

丹敏医生似乎把郭波德他们忘了。他走进卧室换衣服，回到客厅，这才想起他们还在。

"好了，你们也该回去了。"

"大夫，您不是说要给护士打电话吗？"

"等我到了县长家里再打也不晚。"

郭波德兄弟俩不好再说什么便走了出来。在门口，丹敏医生的小汽车发动不起来，他俩还不得不帮忙推了一阵子。

当丹敏医生到县长家时，吴东吞亲自出门迎接。

"大哥，近来贵体如何？"丹敏亲切地问道。

"不错，不错。多日不见，今天特意请您来寒舍见面。"

"还真让我猜着了。"

丹敏眉开眼笑地说。他对郭波德的那副冷冰冰的面孔再也不见了。吴东吞县长用橘子水和糕点热情地招待丹敏医生。他的夫人身穿绉纹纱上衣，坐在沙发上绣花。吴东吞和丹敏医生闲谈了很久，最后约定星期天一起去看早场电影才依依不舍地分手。丹敏医生回到家，才想起在县长家忘了给护士打电话。

那天晚上吴波卡和两位大婶十点左右回家了，郭波德对女人分娩这种事从来没有经历过，感到束手无策。每当听到林妩呻吟，他便坐立不安，不时走近林妩身边安慰她。不知不觉天已大亮。

吴波卡和两位大婶一清早就来到了医院，护士在给林妩量体温、吃药。

"昨晚丹敏医生来过吗？"吴波卡问。

"没有。"

"那她呼吸困难是怎么处理的？"

"到十一点多才输氧。"

"为什么这么长时间没人管呢？"吴波卡不满地说。

护士用车把林妩推进了产房。郭波德在门外踱来踱去，留心听着里面的动静。一直不见丹敏医生的踪影。

八点钟，一位大婶急急忙忙跑来对郭波德说："羊水已经破啦！"

"什么？"

"你不懂，羊水破了就快生啦！"

"啊？！这么说林妩快生啦！"郭波德高兴地说。

"可林妩很虚弱，不能用力。"

"那可怎么办呢，大婶？"

"得医生亲自来接生才行！护士都在埋怨医生怎么还不来呢！"

"哥，咱俩再跑一趟吧。"

郭波德焦急地对站在一旁的吴波卡说。两人坐上三轮车又来到医生家。丹敏医生正在换衣服，准备去看电影。他的夫人凯坐在梳妆台前擦口红。门铃响过以后，丹敏医生听到院子里有人说话：

"身体非常虚弱，不能用力，自然生产肯定是不可能了。"

丹敏医生撇了一下嘴，自言自语地说：

"哼，这些人尽充内行，说得那么严重！"

"用产钳也好，要么剖腹。"外边的两个人继续谈论着。

"用产钳也好，剖腹也好，那你们自己看着办吧！"丹敏医生仍在自言自语地说。

过了一会儿，佣人走进房间。

"先生，昨晚来过的两个人又来了。"

"你就说我不在。"

佣人出去不久，外边的谈话声便消失了。九点钟，丹敏医生夫妇开着小汽车去县长家里。此时林妩正在痛苦地呻吟。郭波德兄弟俩急得团团转。他们到处寻找丹敏医生，可他正在看电影，怎么能找到呢？

林妩腹痛难忍。由于极度虚弱，呻吟声越来越低弱。她额头上挂满了汗珠。胎儿为了寻找出路，竭尽全力挣扎着，似乎在请求母亲的帮助。可是，母亲已经无能为力了。那个能够帮助他们母子俩的人正在悠闲自得地看着电影呢！

吴波卡只好跑去找主治大夫，不巧，主治大夫参加一个结婚招待会去了。待主治大夫来到产房，已经是下午一点钟，他用听诊器一听林妩的腹部，不禁大惊失色。

"哎呀，胎儿死了！现在得赶快抢救母亲！"

但是已经晚了。也许林妩对自己的亲骨肉不放心，她也跟着一起走了。

郭波德悲痛万分，简直要发疯了。他对妻子和孩子感情那么深，结果却落到这步田地。假如郭波德的泪水化作毒液让丹敏医生喝下去的话，丹敏不知要死多少次呢！

半年过去了。人们常说："时间久了，活着的人就会把死者忘掉。"虽然随着时间的流逝，郭波德的心情似乎比以前好了些，但他始终怀念林妩。每当看到小乌龟，他便无限悲痛。看到生辣椒，也会情不自禁掉泪。他没有得到儿女，还丧了妻，现在就好像生活在灼热的沙漠里一样，感到孤独、乏味和难熬。对他来说，生活中似乎再没什么乐趣。他来到寂静的地方，感到和坟场一样。而来到热闹的地方，那喧闹声在他听来又宛如鬼哭狼嚎。

一天，郭波德到医院去探望刚生完孩子的堂嫂。自林妩死后，他不想再看到医院，只是因为要探望病人才不得不去。吴波卡的妻子分娩很顺利，大人孩子都很健康。

郭波德和吴波卡坐在病床旁边的凳子上。郭波德凝视着林妩曾经躺过的病床。过了一会儿，只见丹敏医生和一位值班医生慌里慌张地从产房跑进跑出。

"那不是丹敏医生吗？"吴波卡对郭波德说。

"我非常讨厌这个人，我不想看见他。"

吴波卡停了一会儿，说："里面是他的女人。"

"谁？谁的女人？"郭波德惊讶地问。

"就是凯夫人呀！"

"噢，噢，我说他今天怎么这么热心呢，原来是自己的老婆。"

"听说他女人难产。"吴波卡又说。

郭波德虽然从内心同情凯，但多少有点幸灾乐祸。不一会儿，只见两位医生面带愁容地走出病房。

"真难办，关键时刻，她那种血型的血没有了。现在需要找人输血。"值班医生说着，便向来探望病人的人们急切地问："你们有愿意献血的吗？"

有几个人走上前。两个医生立即把他们带进产房，检查血型。

郭波德想："我不妨也去查一下。哼！最好只有我一个人的血型跟他的女人相同，那么我将不客气地对他说，把血献给你的女人，还不如拿去喂狗呢！"

郭波德一边想着一边起身跟着进了产房。说来也巧，和凯一样是 O 型血的人，包括郭波德在内只有三人。而那两个人身体不好，医生不同意让他们输血。这样，能给凯输血的就只剩下郭波德一人了。

"只有你和病人血型相同，你献吗？"

丹敏医生以期待的目光望着郭波德。

"大夫，是谁需要输血呀？"郭波德佯装不知，问道。

"是丹敏医生的妻子凯，因为剖腹产急需输血。"

"噢，就是这位大夫的妻子吗？"

"是的。朋友，请救救我的妻子和孩子吧！"丹敏医生哀求道，脸上显露出极其忧虑的神色。和六个月前相比，真像是换了一个人。

"大夫，你还认识我吗？"郭波德问丹敏医生。

"好像见过，记不大清楚了。"

"大夫，我就是半年前，在你值班时，来生产的产妇林妡的家属。"

丹敏医生还没弄懂郭波德这番话的含义，只是目不转睛地瞧着他。郭波德补充说：

"我老婆就是你从县长家回来才打电话让护士给输氧的那个病人。在你看电影的时候，婴儿死在母亲肚子里了。经主治大夫抢救，我老婆也没能活下来。"

丹敏医生的脑袋耷拉下来。值班医生目瞪口呆。

"亲爱的……"凯轻声地喊着，两位医生和郭波德不约而同地朝凯望去。丹敏医生走到妻子身边，说："凯，我在这儿。"

"亲爱的，不要为我操心，就看我自己的命运如何了。"

"不行，你不能死，孩子也不能死！"丹敏医生哽咽着说道。

值班医生走近郭波德，说："朋友，不要以怨报怨！"

郭波德呆呆地望着凯，只见她脸上毫无血色，嘴唇发白，眼睛无神。她咬紧牙关，小声呻吟着，眼泪扑簌簌地掉了下来，显得异常痛苦。

蒙在郭波德心上的冰霜开始消融了。人们都珍惜自己的生命。此时，凯正和死神搏斗着。郭波德决定站在凯这一边，帮她一把。

"大夫，需要多少就抽多少吧！"

值班医生听到这句话心中说不出的高兴，马上安排输血。不一会儿，郭波德的鲜血注入了凯的体内，凯的脸色变得红润了，嘴唇也呈现出粉红色。她在同死神的搏斗中，由于郭波德的帮助，终于取得了胜利。

值班医生为顺利完成任务而高兴。丹敏医生因妻子和孩子得救而万分喜悦。郭波德也因救了两条生命而感到特别愉快。丹敏医生在几小时内，受到了很大的震撼，他开始转变了。不懂ABCD，对药物和手术一窍不通的郭波德，用无形的手术刀，解剖了丹敏医生的胸腔，并且用一颗新的"心"取代了他旧的"心"。丹敏医生紧紧握住郭波德的手，激动地说：

"郭波德，衷心地感谢您。您虽然是个普通的工人，但您的心却是高尚的。我一辈子都要向您学习。过去都是我不好，恳求您原谅！"

郭波德一句话也没有说。由于做了一件好事，他高兴得热泪盈眶。如果按照原来的想法，对丹敏医生进行报复，自己是不会像现在这么高兴的。事实上，自己采取的这个行动不就是最好的"报复"吗？

作者简介

敏野，原名登昂，缅甸帕科库市人。1952 年考入大学，1957 年毕业于人类学优等生班，1957—1958 年在缅甸文学宫百科部任编辑，1958 年开始任国防部财务处处长助理，1964 年任供电局副财务官，1967 年因眼病退职。他的短篇小说集《过滤嘴》曾获 1968 年度缅甸国民文学奖，《报复》选自这个集子。

甜美的毒药

〔缅甸〕温温敏

妈妈再也高兴不起来了。

焦虑和忧愁就要把妈妈的心吞噬掉。

女儿，妈妈的花朵，妈妈的心肝宝贝，妈妈的最爱。

今天，妈妈对女儿的未来感到非常担心。她用万分惊恐的声音大声喊叫着，哭泣着，握紧拳头把女儿的床敲得咚咚作响。

妈妈尖声叫着，不停地用声嘶力竭的声音喊着她最恨的名字。

"内琦耶茵[1]！内琦耶茵！内琦耶茵！"

内琦耶茵是女儿的名字。

这是妈妈最恨的名字，妈妈不想叫的名字，妈妈完全不想喊的名字！

现在，妈妈一颗柔软滚烫的心变得冰凉和坚硬，平静祥和的目光也变得无比刺眼与锐利。精心抚养的白色小天使变得肮脏了吗？不能给自己喜爱的这个小天使以任何保护，妈妈变成一个非常柔弱的女人了吗？

妈妈失去了战胜一切的能力，那还有什么意义呢？

对于妈妈来说，有心情最激动和最高兴的一天——知道就要为人世间培育出一个小生命的那天，产生许多希望与遐想的那天，一个女人最充满信心的那天！因为就在这一天，一位母亲的情感和快乐尽情地溢出。

妈妈走的路并不都是随心的，也有不满意的地方。虽然，白

---

[1] 内琦耶茵，缅语音译名，原意指勇敢的阳光。

与黑、荆棘与花朵相互交织在一起，但是，为了孕育在腹中的心肝宝贝，母亲必须保持心情愉快，使一切都随心所愿。

一个女人，即便她是一名在父母的宠爱中接受教育成长起来的优秀儿女，当她成为一名母亲的时候，一定要使自己成为一个亲自培养孩子的人。这对于一位怀孕的母亲来说，是一剂最好的补药。

刚开始的时候，母亲特别小心地控制着自己的心情，不让那些不愉快的东西影响自己的情绪。甚至非常害怕出现那些无所顾忌地大发雷霆，贪得无厌，欲壑难填，居心叵测，恶语伤人的情况，因为毕竟母女血脉相连，息息相通呀！

女儿的爸爸是家中唯一的男孩，上有两个老姑娘姐姐，下有一个未出嫁的妹妹。爸爸的妹妹是妈妈最要好的朋友。妈妈同爸爸结婚以后，成了爸爸家中最小的女儿，因而受到大家的照顾。在这个家中，妈妈没有半点儿烦心的事儿，正是在这样甜蜜的环境中孕育了妈妈的小接班人。

就这样，星期六上午，女儿顺利地降临人间。

第一个听到女儿啼哭声音的人虽然是妈妈，但是，妈妈却不是亲自照顾和疼爱女儿的人。因为妈妈是剖腹生下的女儿，腹部刀口还没有愈合，加上小时候体弱多病，生完女儿，妈妈就一直病恹恹的。因此，只有爸爸、爷爷、奶奶和姑姑照顾女儿。看到全家人吃不好，睡不宁，不怕脏，不怕累，不分白天黑夜地照看女儿，妈妈又是觉得歉意又是感到喜悦，歉意和喜悦交织，产生了一种无法形容的莫名的酸楚。

医生给的"好好休息两周"的嘱咐，对于妈妈来说，就好像活活地掉进地狱一样令人煎熬。用自己的奶喂养，妈妈才能把情感传递给女儿。"不能用母亲的乳汁喂养自己的亲骨肉，女儿无论如何也不能得到母亲的全部的爱。"想到这里，妈妈感到一阵阵痛心。

妈妈学过自我暗示的心理学方法，这种方法在妈妈身上得到了实际应用。妈妈吃饭时暗示自己，睡觉时也暗示自己：一定要成为一名能够给女儿喂养充满营养的母乳的母亲。正是这种信念，使得妈妈的身体一天比一天好起来。这时候，女儿正津津有味地吃着用科学方法配制的代乳粉。女儿薄薄的小嘴唇不愿意靠近妈妈的乳头，她总是用两只小手推开妈妈的乳房，看到这些，妈妈泪流不止。

光靠吃代乳粉，不能使身体长得结实。女儿饥饿难忍，妈妈眼睁睁地看着女儿哭却无可奈何，女儿与妈妈的泪水竟相流淌。全家人痛心地企盼着妈妈可以给女儿喂母乳的那一天的到来。

女儿远离母亲的怀抱，母亲又搂又抱费了很大的劲儿才哄着教会了女儿吸吮自己的乳汁。

女儿的小嘴呵着热气，用嫩嫩的小舌头，含着妈妈的乳头，一口一口地不停地吮吸乳汁的那天，是妈妈与女儿情感交织的新起点，也是全家人心里最踏实、最高兴的一天。

女儿受到全家人的宠爱，在这样的环境中随心所欲地生活，这对女儿来说，能算得上是一件很幸运的事吗？黑黑的大眼睛，炯炯有神，不停地舞动着白白的小拳头，那样子真可爱。女儿很胖，总喜欢让别人抱着。一听到她的叫声，就得赶紧跑过去扶她坐起来，否则，就哇哇地号啕大哭给你看。女儿一哭起来就没完没了。等到她稍微大一点的时候，稍不顺心，就用她那结实丰满的小脚乒乒乓乓地使劲踢床，发出不满的表示。

女儿非常聪明。刚一会说话，就"妈""爸""爷""奶"一个字一个字地叫着。对姑姑这些人，她就叫她们每个人名字的最后一个字。她也能把名字和人连起来记住。女儿睡醒了，叫一声"爸"，爸爸就赶紧过来把她抱在怀里。叫一声"妈"，妈妈就跑过来。有时候，她也叫姑姑，或者爷爷和奶奶。如果不是女儿叫的人跑过来，不管什么人，她都不理睬，而且有时还会哭得满地打滚。女儿的气性很大，怎么也哄不了她。家里人只好说一些自我安慰的话，诸如："嘿，星期六上午出生的女儿，就是这样的禀性！"于是，事事就都顺着她的心愿，迎合着她，让她心满意足。

女儿呀，这种无条件的随心所欲的生活是不是对任何年龄段的人都是一种危害呢？女儿会走路的时候，女儿的勇敢是不是已经逐渐向野蛮的方向演变了呢？妈妈不无担心地想着，心里惊恐不安。女儿怎么变得如此无所畏惧了呢？在什么都还不太懂的这个年龄，畏惧比害羞更能令人变得循规蹈矩。女儿获得的自由已经超越了规矩的界限。

食物不管合不合适，只要自己喜欢，就使劲吃。说走，拔腿就得走，不管是白天还是黑夜。不学就会的话可不是一星半点呀！对于这些，妈妈想纠正她，爸爸也想纠正她。但是妈妈和爸爸都面临很多阻碍。爷爷奶奶不容许十分宠爱的孙女有半点儿不高兴的事儿。妈妈，还有姑姑们不敢质疑的原因还有很多。再者，她是这个家中最小的，所以关于这事也不敢过于造次。妈妈问自己的父亲是不是自己小时候也是这么被娇惯呀，父亲的回答是："你小时候可是遵规守矩的呀！""隔代亲"这句话真的是千真万确呀！

最令妈妈惶恐不安的是女儿只知道自私自利。女儿对自己的玩具、衣服和点心特别吝啬。此外，谁也没有教她，她竟然会骂起"丫头们""狗""母牛""猫"[1]等脏话。女儿没好气地半准确半不准确地模模糊糊说的这些脏话，大人们非但不责备她，反而觉得好可爱，竟欣然接受了。他们是如此地爱女儿，甚至觉得再也没有比责怪女儿更能令人为难的事了！

妈妈的心里更紧了。妈妈不喜欢他们给女儿起的"内琦耶茵"的名字。女儿稍微懂事一点的时候，对于能够凌驾于所有人之上这件事而得意忘形。妈妈接受不了这些，妈妈想惩罚女儿，但是，"不要伤了孩子。不要哇"的声音总会响起。有人在女儿前面挡着，妈妈又有什么办法呢？她心里烦恼不堪，闷闷不乐。

到别人家串门，女儿就像在自己家里一样的做派，自己想

---

[1] 缅甸人常用"狗""狗崽子"等词语骂人。

吃什么就吃什么，想喝什么就喝什么才满意。一次次打破人家的碗和水杯，妈妈感到很不好意思。一想到女儿的前途和未来，妈妈和爸爸就忧心忡忡。

"星期六上午出生的女儿还不就是这样吗！"妈妈对于这句话完全接受不了。妈妈坚信一定能让女儿纠正过来。但是，没有改变她的机会。因为妈妈要顾及的东西太多了。虽说是妈妈十月怀胎生了她的身，但是，是家庭养育了她。对待女儿，家里连一个"不"字都舍不得说一声，从来也没有人"啪"的一声打过她。妈妈理解这些都是因为大家对女儿的宠爱导致的，但是，妈妈知道这些不是真正的爱，所以，妈妈和爸爸在努力等待时机。

家里虽然对妈妈的阻止没有进行任何干预，但是，他们还舍不得参与阻止活动，因此，全家人中违背女儿意愿的人就是妈妈，还有爸爸。女儿斜眼瞪着妈妈的眼神很吓人。对于一个刚满三岁小孩子的黑眼珠，妈妈还要鼓足劲去面对，有谁会相信呢！渐渐地，女儿疏远了妈妈。

一天，一位与家族非常要好的朋友结婚，爷爷和奶奶要去主婚。妈妈提前跟爷爷奶奶说不带女儿去。爷爷奶奶以前不管到哪里都是带着孙女儿去的，因此这次也想带上她。了解女儿的姑姑们都支持妈妈。

"母亲要带着孙女去，万一婚礼上闹出笑话来，丢了丑还得回来。我们又不去，这一次就别带了。"姑姑们一起对爷爷和奶奶说。

婚礼那天上午，大家都忙着帮助爷爷和奶奶，谁也没有注意到女儿。当做好了准备就要上车的时候，大人们突然发现女儿竟然已经在车上了，还蹦跳起来。脸上抹得东一块西一块的，什么颜色都有。笑嘻嘻的小脸蛋，挺让人喜欢的。身上穿着一件新裙子，随心所欲地打扮好自己，比大人们还早，捷足先登，率先上了车。说实在的，她这么小的年龄能有如此心计，妈妈还确实觉得挺惊喜的。

　　看看吧，原本是不打算带女儿去的，可是女儿却先知道了。女儿聪明过人，动作敏捷，这值得妈妈表扬。但是，妈妈知道必须阻止这种行为。和爸爸商量以后，决定由妈妈哄她，然后把她送到另一个地方去。

　　但是，任凭妈妈怎么叫，女儿也不跟她去。妈妈只好吃力地抱起女儿，把女儿带到卧室，把卧室的门关上。爸爸和爷爷奶奶一起开着车离开了。

　　女儿的心愿没有得到满足，就声嘶力竭地高喊着，号啕大哭起来。她跑到关着的门前，使劲想把门打开。妈妈想哄哄她，就走近她的身旁，她却打起妈妈来，还用两只小手又抓又挠妈妈。女儿像一只受伤的老虎，疯狂地撒泼，妈妈对女儿又起了怜悯之心。她想为女儿做点什么。反对女儿的意愿，对她来说，这还是第一次。妈妈希望，她为女儿流的眼泪，能够唤醒女儿，这对女儿来说是无价之宝。

　　但是，还没有驶出家门的车又向后倒车。接着，传来了"咚咚咚"的敲门声。打开门一看，爷爷和奶奶站在门前。

"孩子只是去一下而已。再说了，她不去，我心里也不踏实，放心不下。就别让孩子着急了。她一心想去，所以早早就准备好了。不让她去，你不好受，孙女也烦恼。就让她去吧！来，我的孙女，上车！"

妈妈该怎么办呢？

女儿马上转涕为笑，不再哭了，嘴里不停地嚷道："不爱妈妈，妈妈留下！不许去！臭妈妈，猫！狗！水牛！黄牛！"女儿把她会的记住的脏话都骂出来了。然后，蹦蹦跳跳地跑上了车。

车声消失，妈妈感觉到她宝贝的女儿已经掉进了蜂蜜河里。女儿赢了，妈妈输了。女儿呀，在妈妈眼里，一朵小花就这样凋零落败了。

妈妈独自一人，悲痛欲绝，万分忧伤，心里堵得说不出话来。

过度甜美的东西有时会变成毒药。女儿呀，只要妈妈还不能纠正女儿的错误，不能把这个道理告诉女儿，妈妈就会和女儿一起被这甜美的毒药所毒害呀！

作者简介

温温敏，缅甸作家，生于曼德勒皇宫东，故名温温敏（皇宫东）。其大学毕业后，先后在曼德勒第十八、十七中学任教。退休后，居住在曼德勒皇宫东，专职文学创作。温温敏创作的长篇小说处女作《花粉的脚步》，发表在《红色的杜鹃花》文学杂志。

温温敏的文学作品充分体现了缅甸中学的教育状况，以及作为一名教育工作者的观点和学生们的日常活动。温温敏创作的文学作品还有《彩色的作品》《偷走梦的夜晚》《飘走的灵魂》《她和我，我和她》《天要亮了吗？》《藤球的天空》等。

不与蠢人为伍

〔缅甸〕玛珊达

杜琬夜里失眠已经很久了。在睡不着的晚上，时间可真是难熬啊。

听着外孙子都貌的呼吸声、咬牙声，守更人敲打报时的铁棍声，斜对面住家婴儿的哭声，寺庙内的木鱼声，报晓鸡的啼鸣声，杜琬的思绪从东到西，从南到北，东西南北，海阔天空，在风中四处飘荡。有时候，她的思绪才刚刚开头，还没有结束她就好像睡着了，但睡得可并不香，不知道为什么，忽的一下子又醒了过来。

昨天晚上，都貌说："姥姥，今天晚上您把这个钡的药吃下去睡睡看。"说着，他把一粒白色的药片喂姥姥服下。杜琬服下药片后不久，就开始眼皮发沉，很快进入了梦乡。

在梦里，杜琬看见了女儿冰薇。冰薇上身穿着杜琬亲自给穿上的黄色乔其纱上衣，在风中闪着亮光。她突然跑到杜琬的床前。

"妈妈，我是从很远的地方来的，累死我了！"冰薇有些疲倦地说道。

"那女儿是从哪里来的呢？"

"妈妈呀，是您把我送到墓地的，当然是从墓地来的了！"

"噢……"

杜琬这才想起女儿已经去世了。她突然从床上爬起，猛地抓住女儿的手，但是就像抓住空气一样，手里空空如也。

"妈妈，我儿子呢，他身体还好吧？"

"女儿，妈妈把小外孙养育得很好。他小时候，学习成绩特别棒。十年级考试一次就通过了。此外，他一边工作一边上函授大学，还获得了文凭。对，你看那儿。那是你儿子都貌穿着学士服照的相，很荣耀吧！"

女儿一边看着挂在墙上的四边镶着铁框的儿子的毕业照片，一边心里乐开了花。接着，她不无思念地说道："儿子可真像他爸爸呀！"

母亲的心里充满了对女儿的同情，但是，听了女儿这话，突然大发雷霆，态度生硬地对女儿说道："密[1]冰薇，到现在你还不对那个家伙感到痛心呀？"这时，母亲突然间从梦中惊醒。

佛龛上点着五根蜡烛，在暗黄色的光亮下，房间里的一切都显得寂静无声。当杜琬知道原来只是南柯一梦的时候，她变得疲倦不堪，头昏眼花。她直愣愣地看着挂在墙上的照片，觉得照片突然开始晃动起来。她想，是风吹的，还是墙上的壁虎撞的，抑或是其他的什么原因造成的？

"女儿呀，善哉！善哉！"杜琬小声分福[2]说道。

女儿穿着黄色的上衣，下身系着带有波浪条纹的黄色筒裙，在风中闪着亮光飞着，突然从东边的窗口嗖的一下飘忽着飞了出去。

"好累呀！"

---

[1]　缅甸人称呼小女孩时，习惯在小女孩名字的前面加上一个"密"字，以表示亲昵或卑称。

[2]　缅甸佛教徒用语。意为将自己所积功德分给众生，以便共享善果。

母亲伸手从床旁边拿过了都貌放下的水杯，喝了一口。不知道是水不凉还是怎的，母亲并没有感到解除了疲乏。不知道现在几点了。她听到了三声守更夫敲打铁棍的声音。

"嗯，已经是凌晨三点钟了。哎呀，我怎么一直睡到现在呀！"

杜琬又喝了一点水，躺在被窝里翻了一下身就又继续睡觉。她用脚把脚边的薄线毯拉上来，一直盖到了肩膀，心里郁闷不已，眼睛直勾勾地望着蚊帐顶部，往事一件件浮上心头。

"嗨，想这些事儿没用！"

杜琬把忐忑不安的心绪送到了鼻子尖处，她数着吸入肺部的气体和从肺部呼出的气体在鼻子尖处摩擦通过的次数。但是，无法控制的思绪不肯长时间地停留在她送去的地方。一眨眼的工夫，杜琬又想起敬佛用的花瓶摔碎已经差不多有一周了，可还没有去买新的；敬佛的鲜花都已经发蔫了；穿佛珠用的线绳也因为老化断了，佛珠要重新穿起来；等等。她的思绪又停留在这些事情上。

"嗜，这些事情别再想了！"

杜琬又一次抓住她的思绪，转到自己鼻子尖处。她数着呼气和吸气，似乎安静了一会儿。但是，一不注意，又想起了刚才的梦。

"密冰薇，愚蠢的女人！她结交的人也是愚蠢的人！她自己更是愚蠢的人！所以，这场愚蠢的闹剧就早早地结束了。"

这一次，杜琬紧紧地跟在思绪的后面奔跑。虽然不想说这个闹剧的剧情，但还是无数次地讲过。虽然不想再想它，但还是无数次地想过它。

玛琬没有上过学，大字不识一个。

你把缅文第一个字母写成斗大的字，她也不知道是什么。她自己不识字，但是很羡慕有知识的人。她尊重知识。

玛琬小时候，想识字都想疯了，坚信只要识字就能富有。但是，她没有机会上学。

"妈妈呀，我特别想上学！"玛琬磨着母亲说。

"你也真想得出来！你以为上学那么容易吗？免费教育，但那只是不用交学费，剩下的书呀，铅笔呀，谁能给你买呀？白白花钱，白白浪费时间，半点用都没有。不会读，不会写，有什么要紧的。时间一到还不得先喂饱肚子吗？我也不识字，我母亲，就是你姥姥也不识字，怎么啦？"母亲一边吧嗒吧嗒地抽烟，一边斜眼看着她说。

就这样，玛琬大约 7 岁的时候，来到了与她家相隔三四条马路远的一座小学校。但不是背着书包去上学，而是叫卖时令食品，诸如煮白薯、煮玉米、柚子、大枣等。她就是这样，一边以羡慕的眼光，仰视着那些上学的孩子，一边慢慢长大成人。一晃，玛琬进入了青春发育期。

"我自己虽然不识字，但我一定要嫁给一个有文化的人！"

玛琬这样暗自决定。她不想像她母亲和姥姥一样，豁嘴吹火白费劲儿，不想对磨着她想上学的女儿说："你认为上学很容易吗？我们每天糊口都很难呀！我们从哪儿弄钱给你买书本和铅笔呀？"所以，她看不上叫卖番石榴的小贩昂深，更不屑于卖冰棍的巴章。至于机器修理工钦貌磊嘛，玛琬根本没把他当回事儿，尽管他常常模模糊糊地说："玛琬呀，你是不是因为自己太漂亮了就傲气凌人呀？"最后，遇到了她的丈夫吴钦貌老师。当时他已经四十五岁了，是一个鳏夫，但是没有子女，就没有负担。既然是教师就不用担心没有文化，自己的子女也不用到别人的学校去上学，直接放到父亲的学校里自己教自己的孩子读书。就凭这一点，那就不用管他年纪大不大，长相帅不帅气了，就是他了。

但是，玛琬没有早一点想到命运的转变。结婚以后的第五个年头，女儿冰薇四岁那年，吴钦貌得了重病，突然离开了人世。在玛琬的幻想里，丈夫能一直活到一百二十岁。他的突然离世，对玛琬来说是一个沉重的打击。她绝望地抱着四岁的女儿，号啕大哭："哎呀，我说她爸呀，女儿还没有上学呢，你就抛下我们撒手不管了！"

吴钦貌留给她们的，除了这座破旧的有三根立柱的两间排房，再也没有什么了。把小屋变卖了，处境只会更加艰难。再说也卖不了几个钱。于是她在前房开个门脸，卖些洋葱、辣椒什么的。却因为不会储藏、拉不下脸而经常赊账给客人等原因，血本无归。最后，玛琬自己安慰自己说："密琬呀，你还是干你自己熟悉的吧。寡妇头顶托盘叫卖，有什么呀？这是符合佛教规定的通过正常手段谋生糊口的呀！"从那以后，玛琬就开始叫卖糯米饭[1]。虽说挣得不多，但是每天都能填饱肚子，也就安于现状了。

"好了。女儿一定要努力把学习搞好。我女儿当女区长之际，才是妈妈我从头上拿下叫卖的糯米饭筐之时。"

玛琬鼓足了劲儿把女儿送进了学堂。但是，女儿天生不是学习的料，聪明不足，智力不够。三年级有一次考试没有通过，四年级有两次，五年级有一次，还留了级。

"唉，要是她父亲还活着就好了，在家里就可以教她读书。可现在，我一个大字都不识，怎么办呢？"玛琬想着想着，不觉灰心丧气，眼泪夺眶而出。

"妈妈，我不想去上学了。在班里，我的个头最高，学习不好，总被老师罚站，真是羞死人啦！"

"什么？你想像我一样整天顶着托盘卖糯米饭吗？"

母亲愤怒地呵斥着女儿，坚持让她去上学。一次升级，两次留级，冰薇以这样的频率，终于读到了六年级，这时的冰薇已经变成大姑娘了。

既然是大姑娘了，就不免会产生一些杂七杂八的幻想和各式各样的憧憬，这些是阻挡不住的。

---

[1] 把江米（糯米）与煮熟的小豆一起蒸，食用前撒上芝麻、盐和油。

正在这时，冰薇和西面相隔一家住的玛丹交上了朋友。玛丹在市场里以卖鱼为生，心肠虽好，但是说话粗鲁，言谈不逊。早晨在市场里忙碌不堪，白天也不眯一会儿。她把吃奶的婴儿抱在怀里，翻着两只乳房，给小孩喂奶。经常一边休息解乏，一边津津有味又露骨地描述着男人的那些事情。看见有恋人的女孩子来了，就用非常粗野难听的话挑逗。即使是小伙子也不敢像玛丹那样放肆地说话。

"这个玛丹呀，整天胡说八道，满嘴污言秽语，女孩子们听了，都臊得慌！"

"哎哟哟，你们这些姑娘们，听了只是耳朵害羞，人可不害羞！对吧？"

玛丹总是这样说。不知道她说得对不对。街坊邻居里的大姑娘小姑娘们，你推推我，我推推你，推推搡搡，又拽又掐，发出咯咯的笑声，满脸绯红，饶有兴趣地听着玛丹讲的这些话。她们对这些话感兴趣倒也没有什么关系，可冰薇总是眼睛睁得圆圆的，心仿佛怦怦怦地乱跳着。

总是到那个闲聊胡吹的圈子里去可不是个小事。玛琬用手拧着女儿大腿内侧的肌肉数落着："为什么总去听那个女的胡说八道，有工夫多看看书好不好？"她看着越来越漂亮的女儿，心里不由得为她担心和焦虑起来。

不管她怎么担心，也不管她怎么责备，命运却不帮她的忙。冰薇六年级的时候，第二次留级，她竟然跟别人私奔了。

与女儿私奔的是一个连七年级考试都没有通过的人。当母亲知道他同女儿一样，是一个一次又一次留级的人的时候，母亲的泪水就像断了线的珍珠似的，止不住地流淌下来。人没用，如果家庭富裕的话，还好说一点儿。但是，男方家里也不宽裕。男孩子的父亲三番五次地对他说过："如果你今年还是考试通不过的话，那你就退学别念了，去蹬三轮车 [1] 吧。我不仅要负担你一个人生活，你下面还有三个小的呢！"于是，他成了三轮车预备队的一员，准备拉客人。可是这个宝贝儿子的心里却盘算着，蹬三轮车倒也可以，但不能就这么着去。他打算先娶个老婆再去蹬三轮车拉客人。他可能还想，如果娶了老婆，说不定就不用再去蹬三轮车了呢！就在他到处寻找嫁给他的女孩的时候，他撞到了冰薇。

冰薇正是爱幻想的时候。对玛丹所讲的话，冰薇都仔仔细细、反反复复地听着，她常常不知所措，不停地点头称是，嘴里还一个劲地说："嗯，嗯，对！对呀！"

就这样，两个半生不熟的人结合在一起，建立了二人世界。但是，在他们所憧憬的二人世界的美梦里，没有把每天要吃饭的事儿考虑进去。因此，在现实生活中，饥饿的威胁向他们袭来。自己的父母不亲，对对方父母也不满意，自己又赚不到一分钱，在刚刚建立的二人世界里，他们俩也只能喝稀粥勉强糊口了。玛琬虽然知道女儿女婿两人的处境，但她充耳不闻，佯装不知。

---

[1] 缅甸拉人或者拉货的脚踏车，后轮旁边安装有边车座位，供乘车者乘坐。

"这么心急火燎嫁人的臭丫头，饿死她才好呢！"玛琬痛心疾首，铁了心不理他们。

没过多久，疾病也向小两口袭来。这下，玛琬可再也待不住了。她赶紧把患乙型肝炎的女儿和不停咳嗽的女婿叫到家里。

本来计划在女儿上大学的时候才打开的攒钱竹筒，现在不得不打开了——得用这日积月累一分一厘积攒起来的钱治病。但是这点钱哪够呀，母亲不得不把吴钦貌去世前给她的红宝石戒指从手指上摘下来卖了。

"佛祖呀，女弟子的女儿虽然学习不好，但都是因为童心太重，只是和那个女人接触以后才变坏的。"

"嗯，所以呀，佛祖在三十八条吉祥经中，最先讲的就是不与坏人为伍这一条。女施主呀，不同情坏人，不接近坏人，不与坏人为伍，这就是吉祥。"

到家里来化缘的法师这样教诲。玛琬一边不停地点头，一边擦着流下来的泪水。然后，把盛着糯米饭的筐顶在头上，走出家门。嘴里颠三倒四地嘟囔着："那个蠢货玛丹，真不是个东西！嗨，热乎乎的糯米饭喽……"

以前，玛琬只是每天白天去卖一次糯米饭，自从女儿冰薇嫁出去以后，玛琬又加了一次，每天晚上也出去叫卖。玛琬如此努力，女婿却游手好闲，每天不停地咳嗽给她听。玛琬辛辛苦苦挣来一点钱，他却在家舒舒服服地坐享其成。

"她女儿，我费了很大的劲儿才把她娶回家的，养活我是她的责任。"女婿是不是这样想的呢？女婿没有丝毫表现出不好意思或者过意不去的表情，但是，女儿用微弱的声音对妈妈说："妈妈呀，等我身体好了，我一定帮您去卖东西。"她可怜的女儿，不得不体谅她。吃饭时，看着女婿在饭桌上狼吞虎咽的吃相，玛琬心里很不情愿，真想毫不留情面地斥责他一顿，但她还是不得不克制了自己的冲动。玛琬感觉活得好累呀！

一天，玛琬卖完了糯米饭，身心疲倦地回到家里的时候，看见女儿和女婿正在屋里吵架。

"我妈妈这么大年纪了，靠叫卖糯米饭养活你，你也真行，吃得可真香呀？！你，一天一天的，嘴里叼着烟卷，翻着小人书，你做丈夫的责任完成得很到位呀！我说，哥深茂，你不但有老婆，你还就要有儿子啦！你知道吗？挣钱养活我们是你的责任！"

玛琬站在门旁的墙边，女儿和女婿看不到她。

"哦，原来女儿有身孕啦！"

这种想法击打着玛琬的心，她的心感到一阵阵抽痛，眼里也渗出了泪水。

"是你自己要跟着我的，我根本没说我要供你吃饭。"

"没说？嫁给你，你就得养活我！"

"哈……哈……这么说，与其娶你，不如娶你妈，那样的话，就不会像现在这样了！供人饭吃又不心甘情愿！"

"你不许这样说我母亲！"

"说了，你又能怎么样？"

"别撒野！"

"就撒了，你能怎么的？"

女婿骂着，玛琬紧紧地咬着牙，就在她操起临时放在门口脱鞋处的磨刀石的当儿，女儿将手里的万金油瓶子砸向女婿，没有打着女婿，却打中了放在佛龛上的花瓶，花瓶倒栽葱似的掉到地上。女儿吓得赶紧一边口中念道"罪过！罪过"，一边去拾起掉在地上的花瓶。女婿看到玛琬手里拿着磨刀石，两眼怒火中烧，立刻不再骂了。看样子他好像明白了，如果母女俩合起来打他，他会吃大亏的。

双手叉腰，昂首挺胸，趾高气扬站着的女婿一见形势不妙，立刻"咳咳咳……""咳咳咳……"咳嗽声不断，装出一副可怜巴巴的样子。然后，又像要重新系筒裙，又像是要弯腰拾起万金油瓶子，又像是挠脑袋，又像是抓屁股，不知道他想要干什么，只说了声"我到茶店去一下"就溜出了屋子。如果他不出去，玛琬手里拿着的磨刀石就会砸到他。藐视、痛恨、愤怒，随着血液流遍全身，玛琬气得浑身发抖。

第二天，女婿竟蹬起三轮车来。女儿虽然因为同情母亲，说着说着就同丈夫吵了起来，但是看到自己的丈夫真的蹬起了三轮车拉人，心中又不免产生了些许怜悯。

"从来也没有蹬过三轮车，为了老婆孩子这口饭，也不得不付出辛苦了。"

"妈妈呀，男人，只要离开了家，就会又变成未婚小伙子，又可以去找别的姑娘了。如果他回到他父亲家里，可就剩下我挺着个大肚子了！"冰薇温和地说。

一边是自己的丈夫，一边是自己的生母，哪方面都不能断，女儿这样说是为了缓和家庭气氛，让大家能友好相处。妈妈可怜女儿，什么也没说，只是深深地叹了一口气。

实际上，女婿回到他父亲家里也不可能白吃饭。玛琬知道，他父亲已经下了最后通牒，只要有工作他就得去做。这是不用找算命先生就能知道的事。只要他父亲心甘情愿地接受他，养活他，那么他肯定早就高高兴兴地回去了。这些，冰薇可能也会知道。正是因为生活不允许他们后退到那一步，冰薇才这样说，这样宽慰自己的。看在女儿的分上，玛琬把准备不留情面、尖酸刻薄斥责女婿的一番话又一次咽回了肚子里，这对母亲来说，真是件难事。母亲活得可真累呀！

女婿蹬三轮车不久，就学会了喝酒，因为他与埃昌混在了一起。

埃昌和女婿在同一个三轮车站靠蹬三轮车为生。人长得黑黑的，脸盘很大，牙齿稀疏，身体比例极不协调，但是，他有两个老婆[1]。1号老婆做缝纫活儿，2号老婆包枣包。衣服做得不多，

---

[1] 缅甸实行一夫一妻制。缅甸女性多，男性少。个别有钱有势有名望的人，会娶两个、三个，甚至四个老婆。

枣包也卖得不多，但是，她们俩挣的钱加起来却比埃昌挣的还多，这就为埃昌把自己挣的钱用在自己喝酒取乐上创造了条件。

"我赚的钱，如果给大老婆，小老婆生气；如果给小老婆，大老婆不高兴。如果对半分，人家说你这点钱都不够塞牙缝的。哈哈，干脆谁也不给了，这样反倒好，谁也不说什么了。太棒了！哈哈哈，今天吃大老婆的饭，吃小老婆的菜；明天吃小老婆的饭，吃大老婆的菜。哈……哈……哈……"

埃昌喝得醉醺醺的，说着说着，自己会大笑起来。女婿跟着埃昌一起喝酒，认为埃昌的享乐就是天帝似的享乐，羡慕得不得了。虽然不能像埃昌那样娶两个老婆，但是，女婿也希望像他那样喝得醉醺醺的，像他那样随心所欲，想干什么就干什么。他想伺机与等候在大门口的妻子找碴吵架。

在他们三轮车站里蹬三轮车的温貌和拉保两个人在工作之余看书复习功课，通过了十年级考试。女婿不与这些人接近，不羡慕他们，却羡慕埃昌。最后，近朱者赤，近墨者黑，臭味相投的人走在了一起，或许是物以类聚，人以群分的缘故吧。

胎儿在女儿腹中一天天长大，但是女婿对女儿的感情却一天天减少，这一切，玛琬都看在眼里，却什么也没说，可这又有什么办法呢？

冰薇分娩的那天夜里，女婿整夜未归。到三轮车站去打听，才知道是与埃昌一起喝酒去了。到埃昌住处一看，只见女婿喝得酩酊大醉，连话都说不清楚，什么也问不出来。女儿分娩时，自己痛苦地忍受着疼痛，还要为他担惊受怕，着急上火，一直在问："妈妈呀，平时，他最晚十二点就回来了，像现在这样整夜不归的一次也没有。到底发生什么事啦？怎么啦？""什么也没发生。肯定是喝醉吐了，喉咙被呕吐物堵住了，闷死了。"玛琬嘴上气呼呼地说，可心里却没有这么想过。

但是，还真让她说中了。第二天一大早，叫卖煮豆的小贩杜皎在路旁的排水沟里发现了女婿的尸体。只见他一半身子掉进排水沟，似是因为喉咙被呕吐物堵住了，最后窒息而死。杜皎尖叫着，现场一片混乱。

"别告诉我女儿！别让我女儿知道！"

由于母亲的阻拦，因刚刚分娩完而身体虚弱的女儿没能马上得知这个情况。只是母亲虽然能堵住大人们的嘴，但堵不住小孩子们的嘴。一天，只上半天学的坡达迪放学一回到家，就大声喊道："妈妈呀，大姐冰薇的男人哥深茂掉到排水沟里死啦！"

这话被女儿听见了。

"哎哟，死啦？！"冰薇小声叫着，惊呆了。玛琬还以为女儿知道后，一定会失声痛哭。但是女儿没有哭，只是呆呆地看着刚刚生下来的孩子，说了声："妈妈呀，我头好晕呀！"过了一会儿，女儿低下了头，晕了过去。明白的人惊慌失措地说："是血压上来了！血压升高了！"于是，大家一起努力，用姜黄熏，用火烤，用手按摩，用脚踩踏，但没有用，冰薇没有再恢复知觉。

最后，玛琬把女儿和女婿两具尸体同时火化了。玛琬抱着不满一个月的小外孙子号啕大哭。玛琬给女儿穿上了黄色的上衣和黄色的筒裙，悲痛欲绝地看着去世后显得更加漂亮的女儿小声说道："女儿呀，妈妈一定培养好妈妈的小外孙子，妈妈将一直头顶着筐叫卖糯米饭，直到小外孙子有了知识，才从头上拿下这个盛糯米饭的筐。"

雨淅淅沥沥地下个不停。都貌仰望着天空，不由得长出了一口气。他收起边缘已经破损的丝绸雨伞，回到了屋子里。躺椅松动得几乎快散架了，他珍惜这把躺椅，轻轻地坐在上面，破旧的躺椅发出了"吱吱嘎嘎"的声音。

"是鄂都[1]吗？"

躺在佛龛下面竹榻上的姥姥杜琬轻声问道。

"是我，姥姥。"

"还没去上班呀？"

"下雨啦，姥姥。再说，现在还早。"

"孩子，过一会儿，要堵车了。"

"姥姥，早去也一样，也堵车。"

都貌有点泄气，用厌烦的语气说道。他开始腻歪穿底边都快起毛的上衣，手里拿半旧的丝绸雨伞上下班的生活。

"晚上给姥姥吃那种药，那个药好睡觉。"

---

[1] 鄂都，即都貌，姥姥的外孙子。缅甸人在名字前面加上"鄂"字，表示蔑称或者亲密。此处是表示亲密之意。

"姥姥，总吃不好。"

"是吗？为什么？"

"怕产生依赖性。"

姥姥灰白色的头大约有一半埋在软软的木棉枕头里。姥姥每天早晚各一次奋力顶着个糯米饭大筐到处叫卖，姥姥的头累了，疲倦了。

"晚上，我给姥姥买来油炒面，姥姥你喜欢吃，不是吗？"

"别白白浪费钱了。家里不是还有煮的粥吗？姥姥只喝粥。"

"姥姥白天也不用再扫地什么的了，如果洗澡的话，那等钦玛来了再洗吧。"

"钦玛来吗？"

"昨天看见她时，她说要来的。还说要给您送炸鲮鱼块来，您好就着粥吃。"

"哦，善哉！善哉！善哉！"

因为姥姥很喜欢钦玛，都貌为此心里格外高兴。说自私也好，说缺乏道义也罢，不管怎么说，都貌从来没有想过要和姥姥不喜欢的姑娘结婚。姥姥对他的恩情，比山高，比海深，是永远也报答不完的。

"孩子，你们打算什么时候结婚呀？"

"姥姥，还早着呢！她还有弟弟、妹妹需要接济，我也还正在攒钱呢！"

都貌说着不由得笑了。一个职员的月薪，即使是两个人生活也要节省着花，为姥姥看病买药用钱就得向信贷组织去借贷。所以，钦玛每次问他攒了多少钱了的时候，他的脸都会不由得红了起来，然后长长地叹了一口气。

"孩子，这次你发了工资，要送姥姥去拜一次大金塔呀！"

"好的，姥姥。"

"给佛祖敬花，敬清凉的水，还有要分福。"

姥姥小声说道。都貌一边算着到大金塔来回的三轮车费用，一边温和地说。

"嗯，姥姥的梦做得不太好。"都貌心里想着，从躺椅上站了起来，他又一次听到了刚才坐下的时候椅子发出的嘎吱嘎吱的响声。

"孩子，过马路要当心呀！"

姥姥一边伸手把门插销插上，一边叮嘱说。

"好的，姥姥。"

都貌还是和以前一样答应一声，也没有打开雨伞，消失在蒙蒙细雨中。

都貌的双脚习惯地把他带到了公共汽车站，但是，他的心却把他带进了那已经飞逝的岁月。

小时候，都貌学习成绩很好，但就是有点懒得看书。

"孩子，知识就是金罐，有了知识金罐，别人偷不走。"

当小都貌把书放在眼前，低着头犯困的时候，姥姥就会拍着他的肩膀叫他打起精神来。姥姥还会跟他说一些他没有学过的，以及他还不知道的知识的价值。

"孩子，只有有了知识，才能富有。你看看姥姥，这一辈子就因为没有文化，到这个岁数了还当小贩卖东西，你不是也都看见了吗？多么丢人呀！多么累呀！"

对姥姥的卑微和付出的辛苦，都貌每天都看在眼里，因此他心里非常清楚。不仅是姥姥，就是在姥姥庇荫下成长的他也感到没有面子。路口卷烟作坊里的卷烟女工看样子都不知道都貌的名字，也不认可他，甚至只管他叫"卖糯米饭小贩奶奶的孙子"。

"还有，你任何时候也不要与蠢人混在一起，知道吗？孩子！"

"姥姥，丁昂丹是蠢人吗？"

"怎么啦？"

"老师讲课的时候，他总是不好好听课。上数学课的时候，他还抄袭别人的。老师提问他，他总是回答不出来。他说'我真懒得上课，想逃学去游泳，去看电影'。"

"这孩子真蠢！"

姥姥断言说道。在她的心里，明明有学习的机会，却不好好学习，在这个世界上，恐怕没有这么愚蠢的人。

"孩子，那你呢，你逃过学吗？"

"哈，我可没有逃过学。姥姥您真是的。您不是说过，'逃学，没有文化，就要受穷'吗？"

"嗯，对。你可别和那孩子在一起呀！"

姥姥审视着都貌，不无担心地说。

"姥姥，我不和他在一起。他叫我和他一起逃学，我不跟他去。那天，丁昂丹、妙敏、岱貌他们不会回答问题，我还拽他们耳朵来着！老师还对他们说'你们都要向都貌学习，努力学习'。"

听到都貌的话，姥姥笑开了花。老师表扬都貌学习好，姥姥甚至比都貌还要高兴。那天，姥姥高兴得几乎一整天脚都没有着过地。都貌的读书声，在姥姥的生活中，犹如葡萄糖和巧克力一样。

"老师还对我说，如果他们不会的话，要告诉他们。"

"孩子，你告诉他们了，是吗？"

"姥姥，我告诉他们了。但是，昂伦却很傲气，他们问他的话，得请他吃点心，他才告诉。"

"这可不好！"

姥姥从破损的泥烟缸里拾起烟头，一边吸着，一边呆呆地看着都貌。姥姥的头发已变得一半黑，一半白，黑白相间；姥姥的脸上爬满了皱纹；姥姥又黑又瘦的手上裸露着一条条青筋。都貌看着老态龙钟的姥姥，心中不由得觉得姥姥好可怜。

"姥姥，您知道吗？那天，吞安把丹新的钢笔偷了。"

"你怎么发现的？"

"丹新钢笔丢了，让老师知道了。于是，在全班搜查。结果，在吞安的书包里找到了。"

"他是不是因为家里穷，买不起钢笔才偷的，孩子？"

"姥姥，不是的。他家里不穷。他自己也有钢笔。因为他看着丹新的钢笔有五颜六色的条纹，闪着光亮，很好看，就拿了。"

"噢……嗜，这孩子可学坏了！"

"尼尼钦丢的尺子，推貌丢的削笔刀，都是在他的书包里发现的，他常常偷别人的东西。"

"孩子，别和他在一起。别学他的行为。不要羡慕他。"

姥姥不无担心地说。

"他也是一个蠢人。"

"姥姥，什么样的人才能称为蠢人？'蠢'和'坏'一样吗？"

姥姥被都貌给问住了，张嘴结舌，不能马上回答。她皱着眉头想了一会儿，才结结巴巴地说："我想'蠢人'和'坏人'是一样的。因为蠢才变坏，不是吗？偷别人东西的人，偷别人丈夫和女人的人，杀害别人生命的人，酗酒赌牌的人都是蠢人。还有，那些不好好学习的人当然也都是一些蠢人。没有文化，衡量对错的能力低下，文化基础不厚实，就变得愚昧无知。假如你妈妈有机会上大学，就不会嫁给那个一分钱都不值的人了。"

姥姥说了她自己的体会，说着说着不禁潸然泪下。都貌正在专心看教科书，他想这个世界上究竟有多少蠢人呢？这时，姥姥握着他的肩膀，哄他说："孩子，你可别与你刚才说的那个孩子在一起。实在没有办法，必须和他在一起时，那就貌合神离，好吗？佛祖也讲过'不与蠢人为伍'。"

"哐啷……哐啷……"

"哎呀……"

都貌慌忙跳起躲到路边。司机从车窗探出头来,吼道:"你找死呀!"然后"吱"的一声停住了车,对他招呼说:"哈……原来是都貌呀!"

"你不记得了,我是丁昂丹呀!"

"啊……"

皮肤黝黑,胖得一塌糊涂的丁昂丹,如果他不说,都貌怎么也认不出来。

"哎呀,是你呀!看把你胖的!"

"嗯,是回到缅甸以后,大吃大喝造成的。原来啤酒喝得也多,身体就逐渐胖起来了。"

"那么,你……"

"我呀,当船员,已经跑了三四趟了!"

"来,上来,我送你。"

丁昂丹招呼道。都貌坐在蓝色海员小轿车的前座上。下面的沙发坐垫软软的,座位很宽敞,都貌在心里祝愿道:"善哉!善哉!老兄,祝你健康!"

"我们很久没见了。怎么样,你还是在原来那个单位上班吗?"

"是的,还是在原来那个单位,还是在原来的那个办公桌。

你有空来坐呀！"

"嗯，我一定努力来。还要来给你送婚礼请柬。"丁昂丹笑眯眯地说。

"女孩子是一个大学毕业生，是一个有知识的人，长得很漂亮。我连九年级考试都没有通过，能娶到这样一个老婆，心里总觉得有点歉意。"

"不是因为有了知识，就有了钱，而是有了钱就能娶到有知识的姑娘。"

"哈哈……哈哈……哈哈……千真万确！"

丁昂丹哈哈大笑，都貌也跟着笑起来。

"你呢？不是得了文凭吗？"

"是的。"

"怎么样，职务升了吗？"

"没有。"

"工龄也很长了吧？"

"八年。"

"我说朋友，看来你还是太老实。但是人都说'老实过头了就是傻'，老实不再是值得骄傲的一种品质。"

丁昂丹一边打量着都貌上身穿的质量很次的上衣，手里拿着的破旧的丝绸雨伞和下身穿的旧筒裙，一边坦率地说。虽然，都貌不可能接受他的观点，但是，毕竟丁昂丹并没有怀着恶意，因此，他没有再说什么。

虽然有人说老实厚道和憨态可掬并不值得自豪，但是，都貌至今仍然非常老实厚道。至于富有，他希望这种富有是建立在老实和奋斗的基础上获得的富有。

"你还记得昂伦吧？就是那位和你一样学习好的同学！"

"嗯，记得。"

"就是那位你问他问题，必须请他吃点心的同学。记得有一次，我希望抄他的数学答题，因为没有带来点心，结果被迫把一个新买的削笔器给了他。"

"当然啦，我记得这件事。"

"你知道吗？有一天，他跟我说，他要盖房子。我还看见他正在买水泥呢！"

"他都有钱盖房子了？从哪儿得到的遗产？"

都貌感到有点不解地问道。丁昂丹却笑了起来。

"他没有得到任何遗产。薪金也没有你多。他比你强的只有一点，那就是他不像你那样老实本分，不像你那样忠于职守、热爱工作，就这些。"

虽然舒舒服服地坐在小轿车的前座上，但是，都貌却冒汗了，感到很累。

"这是因为他投机取巧。妙敏在机关工作中要钱太狠了，被抓住了，进监狱了。"都貌说。

"哪个妙敏？是那加妙敏吗？"

"是呀！不就是你们逃学的伙伴吗？"

妙敏、丁昂丹、岱貌三人经常合伙逃学。姥姥说他们是一伙蠢人。

"这些事，我还不知道。岱貌现在非常贫困。有一天，我在路上遇见他，他说他现在做一些临时工挣口饭吃。"

"嗯，我也有一次遇到过他。他正在卖冰块。"

岱貌和丁昂丹都一样是不努力学习的学生，都是学习成绩不好的学生，但是两个人的境遇却截然不同。

"吞安可发大财了！"

"他是到对地方了。你不是知道吗？就在机关工作。"

"所以，他发财了。"

"他这种人，到这个地方，发了大财，没有什么可惊讶的。也不令人羡慕。"

都貌说得很坚决。虽说不羡慕他，但他也不再说"这令人很难接受"。

"嗯，你不羡慕，我知道。所以，你还穿着一件脖子后面都破了的汗衫。哈哈……哈哈……"

都貌被说得面红耳赤。他知道自己穿得并不体面，不厚实，但是，这不需要别人指手画脚，不需要别人贬低。虽然知道这不是出于贬低自己而说的话，但实在令人难以接受。

"对不起，朋友。我不是想贬低你。"

丁昂丹马上表示歉意，然后，以既怜悯又生气的口吻继续说道：

"你每天急急忙忙去上班，埋头工作，看到一些耍心眼施诡计的人很灰心，就是这些，是吗？"

"唉，不做这些，那还能做什么呢？"都貌有些生硬地说道。

都貌正在犹豫要不要跟他说"行啦！你就在这儿停车吧。我自己步行去"的时候，车已经来到了单位前面。

车就停在了单位大门的正前面，丁昂丹直视着都貌的眼睛，小声说："曾几何时，你是学习优秀生，我是劣等生。你每次拽我的耳朵，怕我疼，就轻轻地拽一下，我忘不了。我刚才说的，都是为你好。"

佛龛上只有一个陶制花瓶，还没有去买新的换上。花瓶中插着三枝佐参[1]绿植，绿植的嫩芽生机盎然，苍翠欲滴。在三枝绿色嫩芽中间，一枝艾蒿已经枯萎发蔫了。刚几天的工夫，曾经芳香扑鼻的鲜艳的花枝，现在从外到里都失去了往日的光鲜。

"孩子，你想什么呢？"姥姥问道。

"噢，姥姥，都是些朋友的事儿。有些人富裕了，有些人穷了。"

"当然啦！那些卖奶油冰棍的孩子们，真是可怜，他们会羡慕你的。"

因为说过岱貌的情况，姥姥知道了他目前的处境。对于头顶糯米饭筐，连腿都几乎跑断了的姥姥来说，都貌的生活接近于

---

[1] 佐参，音译，一种不知名的绿色植物。

完美。坐在凉爽的屋子里，在办公桌旁工作，不只是因为积了一点点的功德，还因为有了文化，才到了这样的境地。想到这里，姥姥一次次感到心满意足。

"所以呀，姥姥才对你说，'不要与蠢人为伍'。如果和他们搅和在一起，像他们一样逃学，那你也就会变成像他们现在这样子了，对吗？"

姥姥指的是岱貌，但是都貌却想到了丁昂丹。

如果都貌说"姥姥呀，虽然逃学，不好好念书，但是富裕的人照样富裕"的话，那就等于站到了姥姥的对立面，反对姥姥，因此，都貌没有吱声。

"此外，还有就是你常说的，那个叫……吞安的小孩，他现在怎么样啦？"

姥姥想起来问道。

"嗯，还有，那个呢？就是那个问他问题要请他吃点心的那个孩子，他怎么样啦？"

"姥姥，您不是经常教诲我说不要向这些蠢人学习吗？"

"对，对。那么现在他们呢？都干什么呢？"

都貌轻轻地叹了一口气，他该怎样回答呢？

"姥姥，坏人当然有坏人的路子啦！"

都貌讲的是一个意思，姥姥理解的却是另外一个意思。姥姥嘴里津津有味地嚼着槟榔，露出了满意的笑容。

作者简介

玛珊达，又名秋秋丁，1947 年生于仰光。父亲曼丁，作家。玛珊达毕业于仰光工业大学，获得建筑学学位，后就职于第二建筑师组织建筑公司。玛珊达从 1969 年开始发表短篇小说，步入文坛，《不与蠢人为伍》是她短篇小说的代表作之一。

三枝黄毛石豆兰花

〔缅甸〕摩摩（茵雅）

"密姐，你把我的筒裙熨得整整齐齐、平平展展的，听见了吗？别叠起来，把筒裙铺开晾在绳子上，我不喜欢折叠的褶子太显眼！"

"是，姐姐[1]。"

"把衣服也熨平了，用衣挂挂好！""把我那双白色的鞋也找出来放好！"

"嗯。"

"我们家哥哥[2]回来要是问起，就说我去买黄毛石豆兰花[3]去了，马上就回来。"杜钦牟埃说着，拿起皮包走出屋子。这个黄毛石豆兰花可真难搞！前天，就跟三十八条街市场口黄毛石豆女卖花人打招呼了，让她提前一天准备好四五枝黄毛石豆兰花。"放心吧，姐姐！"女卖花人回答得妥妥的。可是，今天早上去取花，她却说她忘记去买黄毛石豆兰花了，光顾着买芋头花了。还说黄毛石豆兰花还没到开花的时节，开的花还很少。而且她常去的那些花圃都不种黄毛石豆兰花了，只种芋头花和兰花！

"这位大姐，您就戴兰花吧！好吗？您要买的话，这种万代兰花八元一朵，您就拿去，这也就是您要才是这个价。有一位

---

[1] 此处为佣人对女主人的称呼，表示亲切。

[2] 妻子对丈夫的一种称呼，表示亲密。

[3] 一种寄生植物，冬季开花，一年只开一次。根部有根须、花豆，沿花枝开花，花小且繁茂，多为白色。在古代，黄毛石豆兰花是缅甸宫廷用花，只有王妃、公主才有权佩戴，一般平民百姓是不能戴的。在现代，黄毛石豆兰花是缅甸最高贵的花，也是价格昂贵的花品种，是缅甸妇女最喜欢戴的花之一。缅甸妇女一般在参加婚礼或者欢度节日时佩戴黄毛石豆兰花，象征身份与地位。

大婶每次买都是十元一朵呢！戴两朵兰花最好看了！大姐您就买吧。"

女卖花人进一步说道。

"哎，我穿的可是蓝色的衣服，那也不配呀！我想戴黄毛石豆兰花。我就等着这花呢！再说，现在时间也来不及了呀！"

"大姐呀，黄毛石豆兰花刚开花，上市的还很少。您还是买那种紫色的兰花戴上吧！和您蓝色的衣着也很配呀！"

紧急关头，她却大谈颜色配不配的事儿！

"那不行呀！"

紫色的兰花价格是很便宜，但是，参加婚礼只有佩戴黄毛石豆兰花才合适呀！虽然，自己的年纪已经四十出头了，但是，这是爱人侄子的结婚典礼，自己作为长辈，事事都要做出个样子才对。无论是爱人家族这方面，还是新娘方面的头面人物都会出席婚礼。因此，只有穿戴体面才合适。发髻要梳得高高的，下身要系带有波浪纹的筒裙，上身要穿长袖的衣衫，肩上要披着披巾，只有这样的穿着打扮才与黄毛石豆兰花相得益彰，不是吗？虽说现在是黄毛石豆兰花初开乍放的时节，但是上一周去茵雅湖酒店参加婚礼时，自己可亲眼看见很多人都佩戴着黄毛石豆兰花呢！

家里的车，爱人开走了，杜钦牟埃只好步行去将军市场买花。好在班措单路离将军市场并不远，在那里，经常可以买到奇花异草。杜钦牟埃朝着将军市场花店走去。她下定决心如果看见哪家店有黄毛石豆兰花，无论多少钱，都要买到手。

"请问，有黄毛石豆兰花吗？"

"有哇！"

卖花人冷冷地回答。虽然卖花人嘴上说有，但没看见店里摆着黄毛石豆兰花。

"拿出来给我看看。"

"您要几枝？"

"四五枝。"

卖花人从身后轻轻地拿出一个香蕉叶包，在杜钦牟埃面前打开，但令人很不满意——有倒是有那么十几枝黄毛石豆兰花，可是拿起一枝一看，花枝短小难看，花朵也很少。

"没有更好一点的吗？"

卖花人摇摇头。

"请问一枝多少钱？"

"七元。"

"太贵了，大婶！花还这么少！"

"不是刚刚才上市吗！一早晨就卖了十五枝，剩下这几枝说话儿也就没了。"

卖花人像对待值钱的宝贝一样，精心地用香蕉叶子重新将黄毛石豆兰花包好，用篾条绳系好。

"我想要花枝大点的。"

杜钦牟埃担心卖花人瞧不起她，以为她买不起，故意说道。

卖花人没有再吱声。杜钦牟埃又到另一家花店去问，还是没有。她忽然想起在一家卖若开[1]波浪纹女筒裙的店门前经常挂着"若开黄毛石豆兰花已到货"的牌子，就走到那家店前问道：

"请问有黄毛石豆兰花吗？"

"哦，大姐，要买花得先预订才给送来。您什么时候要？"

"就现在，下午就要去参加婚礼！"

杜钦牟埃看了一下手表，已经是上午十一点了，还有一些婚礼的事情没有操办呢。不过，结婚典礼将在饭店里举行，还算好些。

"买黄毛石豆兰花需要提前一天预订才能到货。这样吧，大姐，您还是亲自到种花人家里去一趟吧？"

"他们家在哪里？"

"就在世界和平塔路，离这儿不远。在邦得利转弯处向左拐，进入红土路，商店门前挂有招牌，开车去一会儿就到。大姐，在那里，您喜欢哪枝买哪枝，只要用手指一指就可以了。"

卖花人说开车很快就到，这话让杜钦牟埃听了心里美滋滋的，因为她高看自己。但是，自己没开车来。那有什么办法呢？无论如何，今天一定要把黄毛石豆兰花买到手才行。越是难，就越想戴。卖花人从包里拿出一张住址名片，上面写着："花朵多，花枝美，若开黄毛石豆兰花，满足供应啦！"

名片显得很大气。杜钦牟埃把名片放在皮包里走出了花店。

---

[1] 指若开族或若开邦。若开族是缅甸的少数民族之一，主要居住在缅甸西部与孟加拉国毗邻的若开邦。若开邦依山傍海，与缅甸内地隔着若开山脉。

嗯，还得到处跑跑，耐心点儿，想方设法买到黄毛石豆兰花。杜钦牟埃站在市场前，拦住一辆四轮出租车，司机说到邦得利拐弯处出租车费要十元钱。

"八元吧，这么近的路！"

"不行呀，大姐！我在这总站停车，还要交一元停车费呀！"

时间紧迫，事情很急，何况出租车司机嘴还很甜，一口一个"大姐"地叫着，那就只好乘他的车转悠着去找黄毛石豆兰花了。出租车沿着世界和平塔路向前行驶，来到了卖花人所说的那个邦得利转弯处。在红土路路口，一眼就看到了箭头指着的商店的牌子，上写："若开黄毛石豆兰到货啦！"四轮出租车不肯往里送，杜钦牟埃只好在路口下车步行走进红土路。指路标的箭头一级级地指引着杜钦牟埃走向名片上标明的花圃，在没有到达名片上写的花圃前，路过一个个黄毛石豆兰花种植园。啊，黄毛石豆兰花可真漂亮呀！围着大柱子栽种的寄生黄毛石豆兰花豆上长出了许多嫩枝，支支棱棱的，显得生机勃勃。

走进黄毛石豆兰花圃，真的如同那位卖花人所说，可以用手指着买，喜欢哪枝买哪枝。但是，说实在的，就是有点儿贵，一枝竟要价十二元。"去时，我本打算买五枝的，可是到最后只好买了三枝回来。三枝也不错呀，看起来很神气很美的！"回来的出租车费花了八元钱。

"把黄毛石豆兰花豆浸在水里，水刚刚没过花豆即可。把整个花放进冰箱里。听见了吗？"玛妞用双手从杜钦牟埃手里毕恭毕敬地接过用香蕉叶包着并用篾条绳捆着的黄毛石豆兰花，轻轻地放在一个盘子上，然后把黄毛石豆兰花豆放在花枝根部，淋上少许凉水，小心翼翼地放到冰箱里。

现在，玛妞总算彻底知道了家规严格而又特别爱美的女主人的秉性了，总算知道自己该怎么做才能讨女主人喜欢了。刚来的时候，玛妞还不习惯，客人来了，经常忘记给客人倒冷饮、冲咖啡、放擦巾；杜钦牟埃从外面回来，也不知道接过手提包、不用主人说话就将带回来的东西有条不紊地存放好。现在她都会做了，因此，很讨杜钦牟埃的喜欢。

玛妞的父亲是杜钦牟埃的丈夫所在的机关里的夜班守门人。正巧杜钦牟埃家里需要一个伴儿，玛妞家里兄弟姐妹多，生活拮据，父亲就把玛妞放心地交到了杜钦牟埃家里。玛妞四年级考试已经有一次没有通过了，留了级。她本来还想补考一次，可是，母亲说她太笨，就不让她再上学了。玛妞下面有一个弟弟，两个妹妹。弟弟读三年级，学习很优秀。大妹妹上幼儿班，最小的妹妹还在妈妈的怀里呢！

在杜钦牟埃家里，玛妞每天都吃得饱饱的，穿得也很漂亮。此外，每个月还可获得五十元工资。母亲嘱咐她说，在杜钦牟埃家里一定要高高兴兴的。至于工资，玛妞每个月回家时都会交到母亲手里。

"密妞，把缅式上衣和筒裙熨好后铺开晾着。"

"是！"

玛妞接过杜钦牟埃递过来的男子缅式上衣和筒裙，开始熨烫起来。在这个家里，玛妞要干的活儿其实并不是很多。房子是钢筋混凝土结构的公寓房，虽然结实，但不是很大，家里人也少，玛妞只要把房子整理得干干净净、井井有条就行了。

下午，杜钦牟埃要去参加婚礼，玛妞的活多了起来，主要是为杜钦牟埃一个人忙活着。玛妞站在杜钦牟埃身边，有需要她干的，就帮助解决。

她站在杜钦牟埃身后，手里拿着镜子，杜钦牟埃一会儿让她给夹发卡，一会儿让她给压一下头发，没有半点儿工夫闲下手来。梳理完发髻以后，杜钦牟埃前后左右看来看去，花了十分钟都不止。

"快点吧！我们要比客人先到才行。"杜钦牟埃的丈夫说道。

"是呀！嘿，密妞你还在那儿杵着干什么？快点把花拿出来呀！黄毛石豆兰花！黄毛石豆兰花！哥哥呀，这花一枝十二元呢！光出租车费就花了十八元！满城跑断了腿，到处找这花，可累死我啦！"杜钦牟埃冲着丈夫撒起娇来。

"你这个人呀，难道你戴黄毛石豆兰花就显得更漂亮了不成？"

"哎呀，你等着瞧吧！到那以后，在场的人肯定满眼都是繁茂的黄毛石豆兰花！跟在新郎新娘后面，穿着波浪纹筒裙，披着漂亮的披巾，头戴黄毛石豆兰花，难道不显得雍容大气吗？

我还想买五枝戴上呢？没有办法，实在是太贵了！"

"行啦，别说了！"

玛妞小心翼翼地从冰箱里拿出包着的黄毛石豆兰花。一枝竟然要十二元钱，真贵！玛妞开始对这花感兴趣了。她解开捆着的香蕉叶子包，三枝黄毛石豆兰花显得格外鲜嫩。

杜钦牟埃拿起了第一枝花戴在自己发髻的根部，把翠绿的花豆隐藏在发髻里，使花枝稍向下弯曲。她把第二枝戴在发髻的中部。最后一枝戴在发髻的最上面。三枝黄毛石豆兰花分三个高度依次戴在发髻上，白白的，弯弯的，显得分外端庄大气，气质非凡。

"密妞，你愣着干什么？快拿镜子来！"

"噢，是。啊，婶子，您可真漂亮呀！"

"你又叫婶子了，叫我姐姐！"

"哦，好的。姐姐戴黄毛石豆兰花真漂亮！"

杜钦牟埃对着镜子，前前后后地照着，左瞧瞧右看看，然后，才披上披肩，蹬着高跟鞋，神气十足地跟着丈夫下了楼。

"密妞，来一下，把我头上的发卡解下来。"

其实，杜钦牟埃并不是一个喜欢花的人。居家的时候，她也从来都不戴花。只有参加节日盛会时才戴。此外，要戴她也只戴黄毛石豆兰花。

"喂，快点解呀！我的头痛得厉害，披巾也是的，太热了！

人又多，真腻歪人！"

"又来了。你没去之前可不是这个样子的。"

"嗯，不是到人多的地方去吗？就得这样打扮。"

玛妞首先得把杜钦牟埃发髻上的三枝黄毛石豆兰花摘下来。虽说是摘，可得格外小心，不能把花枝弄折了，更不能把花瓣弄掉了。

"嘿，摘呀！快点，我好热呀！"杜钦牟埃催促道。

下午的时候，这三枝黄毛石豆兰花在杜钦牟埃的发髻上，显得格外漂亮！还有，这些黄毛石豆兰花一枝值十二元！很贵重也很漂亮，现在还很新鲜。玛妞把刚摘下来的黄毛石豆兰花十分爱惜地拿在手里，小心翼翼地又放回到冰箱里。

"我不再戴了，你把这些花放好了，如果有想佩戴的人，就送给她。这些花怎么说也能保存一周左右。"

听杜钦牟埃这么一说，玛妞心里暗自高兴，嗯，这花还能保持一周时间哪！

玛妞起床以后的第一件事就是先打开冰箱看看那三枝黄毛石豆兰花。看见花还很新鲜，她的心才算踏实下来。然后，就去干她该做的家务活儿。烧开水，冲咖啡，烤面包，煮饭，等到杜钦牟埃从集市上回来的时候，就开始炒菜。

玛妞一边炒菜一边不停地从冰箱里往外拿蔬菜，每次开冰箱时，她都要瞄一眼放在冰箱里的那些黄毛石豆兰花。

"嘿，密妞！你站着干什么呢？没听见我让你把西红柿拿来吗？"

"哦，姐姐，那些黄毛石豆兰花……"

玛妞这才把视线从黄毛石豆兰花上挪开，慌忙把冰箱门关上。嗯，到星期六还有六天哪！这些黄毛石豆兰花到星期六还能保持新鲜吗？想到这里，玛妞的心里不由得烦躁起来。

这时，杜钦牟埃的表妹苏苏来了。这个家她常来常往，进进出出。看见有她喜欢的或者需要的，就嘴巴甜甜地直接开口索取。

"牟姐，做什么菜呀？"

"西红柿和鱼。怎么样，吃过再走吧？"

"不吃了，姐姐。昨天结婚典礼人很多吧？姐姐戴着黄毛石豆兰花，一定很靓！"

"嗯。昨天为了买黄毛石豆兰花，足足把一天时间都搭进去了。一枝花给了十二元才买到。一直跑到花圃去买的。"

"是吗？那花呢？"

"在冰箱里。"

正在洗碗的玛妞听说，心怦怦直跳起来。同时，玛妞心里一股对苏苏的怨恨油然而生。玛妞早就预料到了，苏苏一进屋，准没好事，一定是又有什么需要的了。

"姐姐不戴的话，那就给妹妹一枝呗！"

"嗯，没问题，拿一枝去吧。"

苏苏迅速地走近冰箱，玛妞不安地看着她。苏苏打开冰箱，挑了一枝最漂亮、最新鲜的黄毛石豆兰花。

"姐姐，我回去了。家里也正在做饭呢！我是担心拿不到花才跑来的，那我拿一枝走了呀！"

"好的。"

苏苏家住在三十八条街，她总是这样不分早晚地来来去去。玛妞对她的这一次来访很不满意，因此，在她离开时，没有像往常一样跟她打招呼："要走了，吃过饭再走吧。"而是借故打开冰箱，把剩下的两枝黄毛石豆兰花放好，然后，"砰"的一声关上了冰箱。

就要快回家了，只剩下三天了。回到家里，先把工资交给母亲，看望弟弟妹妹们，这次可能还有一个特别的令他们喜出望外的事情要对他们说。

玛妞打开冰箱，把肉类放好，把鸡蛋排列整齐，补充了几个装水的瓶子，又重点看了看剩下的那两枝黄毛石豆兰花。

"嘿，密妞，你做什么呢？给我一瓶水！"

不知道什么时候，杜钦牟埃的朋友乃姐姐像往常一样风风火火地走到玛妞身边。玛妞想把冰箱里的黄毛石豆兰花挪一个地方，但是已经来不及了。

"哎，黄毛石豆兰花可真漂亮啊！牟，是你买来戴的，对吧？"

杜钦牟埃一边用毛巾擦刚刚洗过的头发，一边摇着头。

"平时我不喜欢戴，参加盛会时才戴。上个星期六，侄子举行结婚典礼，梳发髻佩戴这种花，显得大气，所以就赶在参加婚礼前买来了。"

乃姐姐猛地一下伸手去拿那两枝花，玛妞突然心跳加速。因为这两枝花枝叶纠缠在一起，乃姐姐也没注意那么多，一使劲就把一枝大的花拽了出来。然后，随手便插在她那既不是发髻也不像短发的头发中间。

"密妞，给我一个发夹！"

"没有！"玛妞没好脸色地大声回答。

"给，我这儿有。"

杜钦牟埃给乃姐姐找了一个发卡，乃姐姐把黄毛石豆兰花竖起来，用发卡夹住。此后，就像平常一样，乃姐姐和杜钦牟埃两个人一起山南海北，家长里短，说东道西，尽说别人家的坏话，然后吃了饭走人。

玛妞虽然尽力做好需要她做的一切家务，但是她的心里却怎么也高兴不起来。黄毛石豆兰花只剩下一枝了。我为什么不把它挪到冰箱最里边不容易看到的地方呢？不放到最里边，放到下层也看不见呀！可现在却……

现在没有人了，玛妞赶紧把剩下的一枝黄毛石豆兰花放到冰箱下层最里边的位置。杜钦牟埃是个不喜欢花的人。她戴花只不过是为了让荣誉和与身份相配而已。看不见花也没关系，但是，无论如何也不能再让其他人看见了。

三枝黄毛石豆兰花

今天是可以回家的日子，玛妞心里暗自高兴。她从杜钦牟埃手里毕恭毕敬地接过了五十元工钱。

"给，这些零钱你也拿着，公共汽车费。"

"是。"

"上一周别人来给的炸豆瓣也拿着，给你弟弟妹妹们吃。"

"还有一条旧筒裙，拿回家，给你母亲穿。记得明天早点回来，还等着你回来做晚饭呢！"

"是。"

"行啦，走吧！车上当心小偷哇！"

玛妞站着不动，踌躇不前。她抬起头，眼巴巴地望着杜钦牟埃。杜钦牟埃除了有时不顺心爱发脾气，其实她还是挺大方的。

玛妞鼓起勇气，清了清嗓子。

"嘿，你还不走哇？一会儿车上人就多啦！"

"那……那个……我还想要一样东西……"

"什么呀？"

玛妞用手指了指冰箱。

"就是那枝黄毛石豆兰花，姐姐！"

"怎么，还有黄毛石豆兰花吗？"

"是的，还有一枝，姐姐！"

"等等，你往哪儿戴呀？你头发那么短！"

玛妞的头发只有一迈[1]多一点儿，玛妞不由得笑了。

"我想给我妈妈。她最喜欢花啦！不管碰见什么花，她都要

---

[1] 缅甸长度单位，一迈，即一拳加一拇指的长度，约相当于15.24厘米。

摘下来，戴在头上。妈妈若能戴上十二元一枝这么珍贵的黄毛石豆兰花，那她得多高兴啊！"

杜钦牟埃若有所思，看样子有些心烦意乱。

"拿走吧，拿走吧！"

玛妞快步走到冰箱前，打开冰箱，拿出了她秘密地精心藏起来的最后一枝黄毛石豆兰花，心情轻松愉快地坐上了回家的公共汽车。

玛妞有一次曾对妈妈说过，杜钦牟埃婶子穿的筒裙值一千多元呢！可是妈妈说她不相信有这么贵的筒裙。玛妞在外边对于与她母亲同龄或者年龄相仿的杜钦牟埃总习惯地称为婶子。妈妈说，对于比自己年龄大的恩人要表示尊重。

如果对妈妈说一个人一天戴了三枝黄毛石豆兰花，戴完就扔掉了，妈妈肯定不相信。这次我要拿给她看。此外，还得让妈妈也戴上这种高贵的花。花看上去倒是有点儿蔫了，但是如果精心保管的话怎么说也能再戴三天。你看花豆还挺绿呢！玛妞把工钱塞在筒裙叠缝里，夹在腋窝下。手里小心地拿着用香蕉叶子包着的黄毛石豆兰花。

车里人挤人，透不过气来。为了保护手里的花，玛妞费了好大的劲儿。好不容易挨到了该下车的车站，还要赶在车下面的人没有挤上来之前从车上跳下去。哎呀，不好！黄毛石豆兰花掉下去啦！

"咳！这个女孩子，你找死呀！不是叫等车停稳了再下车吗？"

玛妞顾不得售票员的叫骂声，一只脚崴了也不知道痛，迫不及待地寻找掉下去的那枝黄毛石豆兰花。车下的人群挤到了车上，车上的人下车后就迅速走开了。车也"呼"的一声开走了。

玛妞一个人傻呆呆地站在原地，一动也不动。她眼前仿佛出现了戴着黄毛石豆兰花的母亲焕发着容光的脸庞。但是，可惜那一枝黄毛石豆兰花，在车轮的碾轧下，已经变得支离破碎，随风飘得无影无踪……

作者简介

摩摩（茵雅）(1944—1990)，原名杜珊珊，缅甸当代女作家，下缅甸岱乌镇人，大学时期曾在《民族妇女》《前进》等刊物上发表诗作，她的处女作短篇小说《邻居》发表于《内达意》杂志1972年9月号。她1972—1978年曾在缅甸社会主义纲领党研究部政治处任助理研究员，后辞职专门从事文学创作。1989年8月担任《白茉莉》杂志社责任编辑，直至去世。她的作品以深刻反映社会生活现实而著称，曾多次获缅甸国家文学奖，是缅甸最受读者欢迎的当代女作家之一。

她的主要作品有长篇小说《探索》（获1979年度缅甸民族文学奖最佳长篇小说奖）、《花儿有开有谢》(1975)、《美叶树》(1975)、《谁来相帮》(1977)、《除此没有别的》(1979)、《杂志长篇小说选》（获1980年度缅甸民族文学奖最佳短篇小说奖）、《短篇小说选（一）》（获1982年度缅甸民族文学奖最佳短篇小说奖）、长篇小说《情意堤、爱情树》(1985)等。

摇摇篮的手

〔缅甸〕钦宁友

母亲要玛妙美在夏安居期结束 [1] 的时候给予答复。现在，缅历五月已经结束。下个月，浓厚的如山峦一般黑乎乎的云层就要变薄了。缅历七月是一个轻松愉快、自由自在和明媚的月份。此时，天空飘浮着白色的云朵，整个大地从潮湿阴冷中挣脱出来，即将进入温暖的季节。在这样的季节里，玛妙美真想像天空中飘浮的白云一样放飞自己。在她的生活当中，她不是一个坐着不动的人，而是一个像母亲一样一直忙碌的人。但是，她不懂母亲的心。

　　大姐玛翠和四个妹妹分出去住以后，母亲的身边就只剩她一个人。母亲年老体弱，身边应当有一个照顾的人，难道不是吗？

　　但是，母亲对她说："一定要嫁出去！"

　　"夫唱妇随。结了婚以后，丈夫走到哪儿，妻子就要跟到哪儿。那样，就得把父母亲也叫去才行。但是，父亲半身不遂地躺在床上，去不了。或者把她找的那个人叫到自己家里来当倒插门女婿？假如我要嫁的人要到地方上去工作呢？"

　　"拖着年迈的母亲和躺在病床上的父亲，又该怎么办呢？"

　　玛妙美不断地思考着这些问题。

　　母亲应当想到这些。不仅如此，母亲还有很多东西需要顾及。母亲不应该不考虑这些情况，就催她结婚嫁人。但是，她不知道为什么母亲一定要她在缅历七月夏安居期结束时给出答复。

---

[1] 夏安居期结束时，时令进入缅历七月（公历10月左右）。此时，昼短夜长，是缅甸青年人举行婚礼的季节。按照缅甸习惯，夏安居期间，禁止举行婚礼。

在母亲的生活中，关于父亲的参与，她知道一些。她姊妹六人，自己排行老二。她清楚地记得父亲退休以前做过政府职员工作。从父亲在政府担任职员的时候开始，母亲就开了一家鱼汤米线店。

如果说母亲就是在鱼汤米线店把她们姊妹六人一个接一个地生下来的，那可一点也没错。母亲挺着个大肚子，像装鱼汤米线的箩筐一样，一会儿鼓，一会儿瘪。母亲的可贵之处，就是供她们六个姐妹全都拿到了文凭。

她至今还记得她和姐姐玛翠给妹妹们洗尿布的事儿。每天上学前，她都先要跑到鱼汤米线店给排行在中间的玛布舒和两个小的喂奶。然后，把妹妹放到摇篮里，再赶去上学。母亲每天早上六点出去，十点才回到家里。好在鱼汤米线店就在路口，不然得跑好多路。

父亲上班去了。她不知道父亲在单位里每月挣多少工资。每月月底，倒是看见父亲一次总共给母亲一百缅元。她明白，母亲为了她们姐妹都能上学和支付每隔两年生一个孩子的花费，不得不开这个鱼汤米线店来赚些钱支撑这个家。

放学后回到家里，玛妙美要把早上玛翠洗过的小孩尿布和家里人的衣服熨好，接着做晚饭。母亲和玛翠在厨房里忙着准备明天做鱼汤米线的事儿。

有时候，她甚至忘记了家里还有父亲的存在呢！这算是她的过错吗？也许是吧。早晨，父亲一边嘴里叼着烟斗，一边看着报纸。然后，吃过她给盛的饭，就去上班了。

每天下午，她们母女正在厨房忙着准备晚饭的时候，谁也没有注意到父亲是什么时候下班回到家里来的。

她想起下午六点要给父亲盛饭。这样，可以说她一天有两次能够想起父亲的存在。其他时间，她们要上学，要复习功课。到了晚上，她和玛翠还要一边摇摇篮，一边看书。早上，凌晨四点钟就要起床，和母亲一起忙活着准备鱼汤米线。

有一次，学校放假的时候是星期一，父亲不上班，在家休息。

上午，玛妙美看见摇篮里的妹妹时吓了一跳，那是玛布舒下面的玛妞。母亲要去市场买鱼，以便准备做中午的鱼汤米线。出门前，母亲特意提醒她说："密妞发烧了！"玛妙美轻轻地摇着摇篮，生怕孩子着凉。玛妞大声哭着。她抱起玛妞哄着她。玛妞哭着哭着突然没有声了。只见她眼皮发沉，嘴唇发紫，两只小手弯曲，浑身滚烫。

"爸爸，玛妞抽搐了！"她跑到东屋门口存鞋处告诉父亲。父亲正在看书，他抬起眼皮看了她一眼。

"嗯，等你母亲回来以后，你们带孩子上医院去！"父亲只说了这么一句，就又戴上眼镜，继续看他的书了。玛妙美紧紧地抱着玛妞，愣在那里，不知所措。

等到玛翠和母亲回来以后，她们三人赶紧抱着玛妞跑向医院。母亲把买来的鱼放在桌子上，因为怕被猫叼走吃了，还用防蝇罩罩上了。

医生因为不放心，叫她们待在医院观察，直到下午6点也没有放她们回家。

"嘿，玛妙美，你先回家，你父亲的吃饭时间到了！"

玛妙美长长地叹了一口气。她回到家里的时候，屋子里黑乎乎的。进屋以后，她才把电灯打开。父亲在卧室里睡着了。两个小家伙到隔壁家玩去了。

她给父亲盛了饭，然后，静静地等待母亲她们回来。父亲吃完饭以后，又坐在屋子东面的躺椅上，随手拿起了一本书，一句话也没有说。

但是，玛妙美的心里却在不停地说着父亲的冷漠。她经常这样在心里说话。

玛妙美十年级考试的时候，母亲生了老小推推。不知道母亲是不是太劳累了，自从怀了老小推推，身体就一直不太好，直到现在下面还不时流血。

家里大一点的，只有玛妙美和姐姐玛翠。母亲叫她们姐妹俩去请接生婆。时间已经是半夜十一点了，玛妙美有点害怕。

"玛翠姐姐，走，去叫醒爸爸！"

"嗯，那你们去请杜钦姣接生婆！"她们俩叫醒父亲的时候，父亲只说了这么一句话。

姐俩拿着手电筒，走进了漆黑的夜色中。还好，接生婆杜钦姣就住在同一条街上，离她家不远。但是，杜钦姣说因为母亲流血过多，必须住院治疗。

"嗯，租车去！"父亲还是就这么一说。玛翠突然想起杜钦姣家东头有一位三轮车夫，名字叫哥尚瑞。姐妹俩赶紧跑去他家敲门。真是佛祖显灵，哥尚瑞顺顺当当地把母亲送到了医院。杜钦姣也跟来了，这为姐妹俩增强了信心。

早上，母亲脸色苍白，身体虚弱。玛妙美姐妹俩站在母亲身旁守候着。孩子倒是生下来了。"玛妙美，妈妈身边有玛翠在，你回家去吧，给你爸爸做饭，好赶上他上班。"母亲鼓足力气慢慢地说道。

她尽管心里不愿意，可还是回了家。一路上，她在心里说了很多很多话。她希望父亲能听到这些肺腑之言。

回到家里，她给妹妹们和父亲做好了饭菜。玛布舒从梦中醒来，不见妈妈就大哭起来。

父亲洗了澡，吃了她盛好的饭，就上班去了。

到了晚上，为了和姐姐玛翠换班，玛妙美拿起衣服径直赶往医院。到了医院，看见母亲面带悦色，她的心才放松下来。

"怎么样？家里的事儿办得都还顺当吧？"

姐姐玛翠问道。她点了点头。然后，为不让母亲听见，她靠近玛翠，小声说道："父亲和母亲好像没有什么关系似的！"听到她的话，玛翠笑了。玛翠很会说话，她巧妙的回答，更令人感到可爱。

"没关系还是有关系，反正现在又生了一个啦！"玛翠说着又笑了起来。母亲看样子不明白她们姐俩都说了些什么。

玛妙美和姐姐玛翠都因为自己有了工作而感到高兴。家里上学的只剩下四个人了，母亲感到轻松了许多。卖鱼汤米线可以够吃够用，她们姐妹俩的工资就全都积攒了起来。

父亲退休前一年，玛妙美下面的两个妹妹拿到了学位文凭。这一年，他们家的房子改造，用木板隔成了三间，变成了有四根立柱三个房间的排房，用锌板盖屋顶。为了买到房子改造所需要的木料，母亲和木工反反复复讨价还价的时候，玛妙美正忙着给木工和正在东屋耳房里躺椅上的父亲煮茶水。

令人没有预料到的是，在她们姐妹六个人中最小的推推最先结婚。推推从她生下来的那天起，就是一个不断给母亲带来震惊的人。

这次，还在学校读书的推推跟着情人私奔了。母亲跑着来到玛妙美的办公室。她向单位紧急请了假，寸步不离地跟在母亲后面。

母亲刚回到家里就大哭起来，想是因为推推的事儿吧。母亲对父亲大声吼起来。父亲向上抬了抬眼镜，从躺椅上向妻女张望一眼，而后，把眼皮又奄拉了下来。

"哥巴埃！你还在那坐着？密推都跟人家私奔了！"母亲大声喊着。玛妙美从来没有看到母亲这样大声哭喊过。

"那又怎么样，玛宁？！"

听到父亲的问话，玛妙美吃惊地张大了嘴巴。

"跟谁跑了、怎么回事这些你也不再问问吗？还有，一定要跟那个男孩子的父母说清楚，务必要与别人家的孩子一样体面地把女儿交还给我们，这些都要安排好！"

"没必要。"父亲吐出了这么三个字儿，然后就把脑袋放到躺椅的靠背上。

玛妙美看着哭泣的母亲，长长地叹了一口气。母亲一连外出几天，而后，玛妙美就忙着分发职员吴巴埃和杜宁最小的女儿推推与吴甘宝、杜盛之子的婚礼请柬。这期间，家里举办了新婚招待会，请大家吃了椰汁面。

就这样，差不多两年一次，家里接连举行新婚招待会，请大家品尝椰汁面——她的姐姐和她下面的四个妹妹都先后结了婚。

父亲退休了。

因为父亲退休，母亲收入减少这个问题由于有玛妙美和姐姐的工资补充而得到解决。父亲除了在躺椅上坐着"工作"，现在又有了一个新的活儿，那就是和退休的伙伴们一起坐在茶馆里聊大天。

父亲借口为打发剩余的时间要买书阅读，以及交茶馆里饮茶费用，他的退休金不再交给母亲一分钱。其他的姐妹，虽然结婚分出去了，但还是每人每月支援母亲五十元。玛妙美却把每个月的工资全部上交给了母亲。

退休后两年，父亲中风躺在床上。母亲看起来没有什么强烈反应，还是像往常一样平静。

"这就是退休病！"母亲说。

玛妙美每次总是看见父亲仰面朝天地躺在床上，心里难过，惶恐不安。

玛翠经常回来。作为老大，她似乎比其他小妹妹更知道自己的责任。

"翠姐，父亲都这样子了，母亲好像一点儿也不忧虑。"她对翠姐说。

"唉，丈夫病了，妻子心情肯定很难过。但是，父亲还没有出现什么特别令人忧虑的状况。唯一不同的是，坐在椅子上和躺在床上的区别。"

对呀！翠姐说的话总是对的。

现在，母亲也休息了。

母亲不再生孩子了，也不再开鱼汤米线店了。屋子外面晾衣绳上没有了孩子们的尿布，家里再也听不见小孩子的哭叫声和嬉笑声了，显得格外沉寂。

但没过多久，在家里中间屋子的横梁上，最先挂起摇篮的是老小推推。推推还在上学的时候，就跟自己的情人私奔，母亲说一定要供她把书读完。就这样，推推继续上学，母亲替她看孩子。

后来，其他姐妹上班的时候，也把孩子送到母亲这里，下午再来接走。这时候，晾衣绳上又挂满了小孩子的尿布，家里又充斥着小孩子的哭闹声。

玛妙美再也听不惯这些，她想像从前一样安安静静地待着。但鼻子里好像总觉得有一股小孩子的尿臊味。

"妈妈呀，您开一家托儿所吧！"她对母亲说。

母亲忙完小孩子们的事情后，还得照顾父亲吃饭和大小便。玛妙美上班之前，要把父亲粘上屎尿的衣物洗好。父亲晚上经常尿失禁。

母亲做鱼汤米线的手，现在变成了摇摇篮的手。在孩子摇篮的旁边地上，母亲铺上一领席子，一边眯着眼睛，一边说着话，不停地摇动着摇篮，有时竟然不知不觉地睡着了。

"等等，女儿对貌吞伦到底有什么不满意的？"母亲一边摇着摇篮一边问玛妙美。对母亲的问话，她没有回答，只是静静地听母亲说，自己则陷入沉思。关于怎么样当一名丈夫，不知道父亲是如何践行的，更不知道母亲是如何理解的，又是怎样接受的。

在旁人的眼里，在母亲的生活中，关于"丈夫"一词的理解，有令人羡慕的东西吗？玛妙美思考着。她没有看到一丁点儿令人愉悦的事儿。既然如此，那么，母亲为什么整天唠叨催她嫁人呢？难道是因为母亲总是从乐观的方面看问题，而自己却总是习惯从悲观方面观察吗？

"妈妈呀，难道您摇摇篮的手还不够累吗？"她只是这样反问道。

"即使一直摇到死，也是一件令人高兴的事儿呀！他们睡觉的样子，你难道不觉得好可爱吗？"母亲说。

"摇完外孙的摇篮，那还得把爸爸抬到摇篮里继续摇呀！"她说。母亲扑哧一声笑了。

"女人呀，就是这样子！生儿育女，然后养孙子，再后来丈夫老了，病了，继续养丈夫。"

"妈妈呀，您真是的，养不完啦！"

"当然啦！当然啦！"母亲说着说着就笑了。玛妙美也附和着母亲，跟着笑起来，但并不由衷。她把办公室的工作拿到家里来做，做完以后，就坐在桌子旁，这时，母亲总是会过来问起关于貌吞伦的事儿。

"哥吞伦到底是一个什么样的人呢？"玛妙美沉思着。

"女儿，爸爸，妈妈，像现在这样生活不好吗？女儿结了婚，妈妈的屋里不就又多了一个摇篮了吗？"玛妙美这样说。

"妈妈摇着摇篮，心里很安稳。摇着摇着就睡着了，真是恬静极了！家里就剩你一个人没结婚，妈闭不上眼睛，以后可怎么能放心呢？妈妈可怎么能放心呢？妈妈心里怎么能安宁呢？女人呀，只有有了丈夫才体面啊！"母亲说。

听到母亲的话，玛妙美不由得想起读十年级的时候学到的威丹达雅佛本生经故事。作者吴奥巴达说过这样的话：没有丈夫的女人和没有旗子的车子不体面。

"即使有一百个兄弟，如果没有丈夫，那么，这个女人就是一个废物！"

为什么学者们和历代的先辈们都要这样说呢？

"你就这样一个人生活，一直到死，当然可以了！如果我一闭上眼，就闹出点什么事，可就糟了！人哪，可不好说呀！"

母亲的忧虑和母亲心中的目标就是这些。她注意到了母亲的忧虑。但是，她不能保证母亲在闭上眼睛以后不会发生不合适的事儿。用母亲的话说，母亲这一辈子看似很体面。可有什么体面的呢？她没有看到任何体面的事儿。她看到的只是父亲每月交给母亲一百元的饭钱。他们一共生了她们姊妹六个孩子，她没有看到父亲因此而有任何兴奋之情。母亲真应该好好想一想了，回顾一下她嫁人以后的生活，然后再来劝她嫁人。甚至母亲还为此特别规定了答复的期限——缅历七月十五日夏安居期结束之时！

七月的天气变得温暖而干燥。七月过后，微风夹带着凉季芬芳的气息徐徐吹来。在这样的凉季里，如果依偎在哥吞伦的怀抱里，一定会感到温暖如春。整个雨季都是湿漉漉的。此外，湿尿布和湿衣服散发着一股发霉的难闻的气味儿。这种味道非常令人讨厌。每逢阴天只能在屋子里拴上绳子晾晒衣物的时候，就更糟糕了。只有太阳暴晒可以除去味道。而不管你把衣服洗得多么干净，晾在屋子里的父亲尿湿的衣物的味儿比小孩子尿湿的衣物的味儿更加难以消除。

母亲生了她们姐妹六个，但是父亲却没有去过一次中央妇产大医院。孩子盖着的毯子滑落了，父亲也从不会给她们盖上。父亲也不知道怎么样给孩子换掉尿湿的尿布。只有她们姐妹哄过孩子们睡觉。

她能像母亲那样有勇气吗？如果是她躺在医院里经受分娩前的阵痛，她至少想要拉着哥吞伦的手作为依靠。这时，她想到在生推推的时候，母亲可是紧紧地握着她们姐妹的手呻吟的，而非握着父亲的手。

唉，父亲好可怜呀！她按时给父亲盛饭。现在，父亲病倒在床上，她也给父亲洗刷粘着屎尿的衣服。作为生身的父亲，她爱他。

但是，父亲是个男人，是母亲的丈夫。哥吞伦也是一个男人，如果他也像父亲一样是一个石头人丈夫呢？

在她的眼里，父亲只是一个每月按时交纳饭费的食客而已。她没有看见过父亲参与这个家里所发生的任何一件事。如果哥吞伦也和父亲是同一种类型的人，天哪，天哪，她可没有母亲的水平啊！修行还不够哇！摇摇篮的手也要有天赋的呢！

如果春心萌动，就应趁着爱情之月莅临之际，去追求真正的爱情。届时，缅历七月爱湖中的蓝睡莲将会散发出芬芳。凉季那充满黄毛石豆兰花香的雾气也将会拥抱她，爱抚她。

但是，俗话说，睡着了是一小会儿，梦境只是一刹那。

突然，尿臊味、潮湿的霉味，一股脑钻入她的鼻孔。她猛然间从凉季的睡梦中惊醒，眼前仿佛出现了一尊石头人。她的手想摇动摇篮，但是，她不想使自己的手变成砸碎石头人的手。

此外，她没有母亲那样的忍耐力。

母亲哪，从缅历七月到明年旱季之初，还是让我好好想想再给您答复吧！

作者简介

钦宁友，原名杜钦素，缅甸女作家。生于伊洛瓦底省瓦开马。22 岁时，一边在缅甸反法西斯人民自由同盟总部工作，一边进行文学创作。曾担任吴努总理的私人秘书，获得仰光大学文科学位。1960 年获得缅甸文学宫颁发的短篇小说奖。《摇摇篮的手》是她的代表作之一。

强颜欢笑

〔缅甸〕丁昌

每当他上下班，总是有意无意来到阿敏的小店里，不是买一包槟榔，就是买一盒香烟，时间一长，两人就相识了。

　　有顾客来买槟榔的时候，阿敏就招待顾客，一有空闲，总是拿起一本杂志或小说什么的，读个没完。

　　每次看见他，他手里也总是拿着书，不是英文，就是缅文。于是，她心里断定：他，一定是个喜欢读书的人！

　　"你也喜欢读书吗？"

　　一天下午，他下班来到阿敏店里买烟的时候问道。阿敏听了，微微地点了点头。

　　"好，喜欢读书很好。"他笑盈盈地看着阿敏称赞道。

　　在阿敏的眼里，他的笑是那么甜蜜，于是，她也以笑脸相陪，然而，很快又羞怯地低下了头……

　　当阿敏重新抬起头来的时候，他已经离开小店，走远了。她痴情地望着他的背影，心里暗暗称赞：真是个美男子啊！

　　他的容貌一直深深地印在阿敏的心里：浓眉、大眼、高鼻梁，总是流溢着笑意的嘴唇……

　　他穿着朴素、大方、整洁，举止老成、持重、憨厚。他每天按时上班，准时下班，他一定是政府机关里一名称职的职员。

　　阿敏的小店就坐落在马路的尽头。小店前面是汽车站。阿敏来小店卖货的时间不长，是放暑假以后才来给妈妈帮忙的。她的父亲原先是一个林务官，退休后，因为身体多病，很快就把仅有的一点积蓄花光了。亏得母亲开了个槟榔店，一家人的生活才得以勉强维持。

　　阿敏兄妹五个，大哥和二哥已经完婚，另立家业。剩下的三个，阿敏算最大的了。所以，她只好一面上学，一面协助父母操持家务。不久前，她刚考完九年级期末考试。

　　昨夜，阿敏久久不能入睡，脑子里总在想着他。他的笑容又呈现在她的眼前，那笑是多么温暖，多么甜蜜啊！她的心里不禁产生了一种难以名状的感觉。少女青春的热血沸腾起来了，思绪像长了翅膀一样一直飞向那遥远的地方……

　　"这个月的杂志，你看过了吗？"

　　他早晨上班的时候，手里拿着一本杂志，来到小店问她。

　　"没有，没有看过。"她摇着头回答。

　　"如果你想看，就拿去看吧。上面有我写的一篇小说，题目是《情雨》……"

　　他说着，随手把杂志放在玻璃缸上，阿敏没有立刻去拿杂志，而是出神地望着他。他却转身径直向汽车站走去。

　　阿敏心里很激动，没想到他不仅酷爱读书，还是一个作家！直到他背影完全消失了，她才急切地从玻璃缸上拿起那本杂志，翻找那篇他写的短篇小说——《情雨》。

　　终于找到了。署名是"纽觉瑞"。她全神贯注地读着。可是顾客偏偏在这个时候不断地来打扰，使她感到很不耐烦。

　　小说以细腻的笔触描写了爱情。不知道是因为感到亲切还是怎的，她一下子就被他的小说迷住了。"文笔真不错啊！"她情不自禁地称赞道。那天，他的影子一直没有离开过她的脑海。下班的时间还没到，她就在盼着他了！

阿敏读过许许多多的杂志。可是"纽觉瑞"的笔名，她还是第一次看见；纽觉瑞写的文章也是第一次读到。她觉得文章像作者本人一样：稳重大方，虽然不能令人肃然起敬，但使人陶醉。

下午，阿敏看着他笑吟吟地走进店里来的时候，心不由得怦怦地跳起来。

"买一包马钱子牌的香烟。"

他进门就要香烟，丝毫没有提杂志的事儿。

"你的小说我看过了，写得很好！"阿敏一边递给他香烟，一边说道。

他好像没有听见似的，一句话也不说，只是以兴奋的目光看着阿敏的嘴唇。然后，转身离开了小店。

阿敏望着他远去的背影，心里久久不能平静。过了一会儿，她忽然觉得他真叫人难以理解，未免太寡言少语，太冷漠无情了！

你看，人家赞扬他的文章写得好，他竟无动于衷，冷冰冰地走开了！

阿敏越是觉得这个人怪，越是细细地观察他。每当空闲的时候，他总是占据了她的心。

"我家里有很多书，你想看就来拿吧！"

当阿敏把杂志还给他的时候，他说道。

"好吧。"阿敏点了点头，回答说。

阿敏和纽觉瑞虽然交谈不多，但是借书还书却越来越频繁。一天，阿敏突然发现一本书中夹着一张叠着的纸条。

她有些惶恐，竟不敢立刻拿起来。她看着小纸条发愣，心急剧地跳着。最后，她用颤抖的手拿起那张小纸条，只见上面写着：

妹妹：

虽然至今不知道你的名字，但这没有关系，称呼妹妹也可以。我写这封信是想告诉你，我深深地爱上了你！

看到这里，阿敏的手颤抖得更加厉害了，心仿佛要蹦出胸膛。她停下来，让自己稍微镇静一下，又继续往下念。她急于知道他都写了些什么，而且必须在顾客到来之前把信看完。

我希望你能相信，我是真心爱着你。我是政府机关里的一名高级职员，父亲也在政府机关里工作。

现在，我正在为争取当一名作家而努力，并且自信总有一天会如愿以偿。正是出于这样的信念，我从没有松懈过。我就住在你小店后面那条街上，是刚刚搬来的。我从见到你的第一天起，就爱上了你。因此，上下班时，不管有事没事，总是从你的店前经过，或者进店里买点什么东西，成为你们小店的老主顾。我这样做，无非是想多看你几眼。妹妹，我把压在心里很久的爱慕之情全部向你倾吐了，盼你能回音。

真心爱你的哥哥

阿敏看罢信，觉得这些话就像他的人一样坦率诚挚，她丝毫不怀疑。她相信这是他的肺腑之言。但是，阿敏知道，作为一个姑娘不宜过早表白自己的爱情。所以，她决定极力装出若无其事的样子，把这件事暂时搁一搁。

她没有回信，但依旧和从前一样对待纽觉瑞。纽觉瑞的信像雪片似的飞来，阿敏仿佛觉得，他的信都是用血写成的，字字句句打动着她的心，让她深受感动。她心软了，终于拿起笔来给他回信，虽然没有明确答应他的要求，但还是给他捎去了希望的信息。信息中也充满了试探的口气。

哥哥：

我完全相信哥哥的一片真情实意。但是，妹妹年龄尚小，又刚刚参加完九年级考试。假如考试及格，还想继续求学，以便报考大学。况且，我不清楚哥哥是否成过家。婚姻之事，我虽不太懂，但多少听大人讲过一点儿。男人们大都是靠不住的。一时失足，就会酿成千古之恨。所以，我现在还不打算谈恋爱……

你的妹妹阿敏

阿敏把信夹在书里，还给了他。然后，静等着他的回音。

他在回信中说，他从学校出来走上工作岗位还不到一年，没有成过家，希望她能绝对信任他。并且说，他也不想立即结婚，只是希望能得到她的爱。

从那以后，阿敏和纽觉瑞便用书信的方式开始了他们奇异的恋爱生活。

九年级期末考试发榜那天，阿敏哭得很厉害。这并不是因为她没有及格，恰恰相反，她顺利地通过了九年级考试。但是，就当她沉浸在通过了考试的欢乐之中的时候，他来了一封信。

阿敏妹：

得知你顺利地通过了九年级考试，我真为你感到由衷的高兴。我多么想把心中的欢乐全部向你倾诉啊！但是，你知道，我一直避免同你谈话。我意识到，自己这样做实际上是在欺骗你。我感到很惭愧，很内疚，所以，来到办公室给你写这封信。

妹妹，我一直在避免和你交谈，是因为我是聋子！不管你怎样大声讲话，我都听不清楚。你甚至不会相信，即使戴上助听器，我也听不见一点声音。医生给我会诊过，想尽办法给我治疗，但是，毫无效果。医生们没有任何办法，说我的病恐怕一辈子也治不好了！

所以，我很担心，你会同意和一个聋子结为终身伴侣吗？良心提醒我，应该早一点儿把这件事告诉你。妹妹，当你知道哥哥的不幸遭遇时，请求你原谅我过去隐瞒了这件事情的罪过。

愿把生命献给你的哥哥

阿敏有苦难言。她真心地爱着纽觉瑞。难道因为他是聋子就与他断绝关系抛弃他吗？爱情的纽带已经把她和纽觉瑞紧紧地拴在一起了。可是，阿敏的父母又怎么会同意把女儿嫁给一个聋子呢？看来，他们俩刚刚开辟的爱情小路就要被高山大河堵死了！

痛苦和忧伤的恶浪猛烈地撞击着阿敏的心，她整整哭了一夜。爱情上的坎坷使她烦恼、绝望。她不能仅仅因为他是聋子就和他一刀两断，然而，由于与他结合而被迫和生身父母离别的情景更加令人难以想象。她哭哇哭，从黑夜一直哭到天明……

早晨，小店开门以后，他和往常一样，准时来到店里。他目不转睛地看着她，眼里充满了希望和期待的目光。他的脸色显得憔悴和疲倦。阿敏见此情景心里一酸，差点儿哭出声来了。

阿敏不知道该怎么给他回信。他也不再写信问她什么，每次来店里，只是默默地痴情地望着她的脸。

阿敏觉得，他一天比一天衰老，滋润的皮肤变得干瘪无光，眼窝深陷，面颊消瘦，穿着也不再像以前那样整洁，变得邋遢起来了。看得出他正遭受着极其痛苦的折磨。每次看见他，阿敏心里总是很难受，但她只有在晚上睡觉的时候才能痛哭一场。

阿敏明白这样下去是不行的，必须尽早做出决定。假如自己与他断绝关系，把他抛弃，那么，后果将不堪设想。她无论如何都不能那样做。

阿敏的心只有阿敏自己最了解。她终于拿起笔来，给他写了一封回信，要求他带她私奔。

果然不出所料，就在阿敏准备去上十年级的时候，她的父母和亲友因为她私自与一个聋子结婚而宣布与她断绝一切关系。但是阿敏不难过，不后悔，决心随遇而安。她和丈夫在仰光市郊区租了一间房子，过着安宁的生活。纽觉瑞一边上班，一边利用业余时间创作。在旁人看来，阿敏的生活一定无聊、乏味。白天，丈夫上班去了，家里只剩下她一个人。而等他下班归来，也不能像别的夫妻那样谈笑嬉戏，有什么事要说，都得写在纸上才行。有时，他的话多得像流水，常常十分气愤地讲些机关里的事情以及他的作品未被发表的原因。阿敏除了静静地听他讲述，无法劝慰他。他一个人说呀说的，最后累了便上床睡觉。

他不想说话的时候，就把头埋在书里，或者不停地写东西，常常废寝忘食。只有当阿敏用手轻轻地捅他一下，示意叫他吃饭或上床休息时，他才如梦初醒。这样的处境，这样的生活，一般人都会感到无聊和寂寞，但是阿敏却没有一丝儿这样的感觉。自她下决心"嫁鸡随鸡，嫁狗随狗"的那天起，"无聊"与"快活"这两个词儿，在她的心里就已经消失了。可是最近，阿敏的心里突然变得快活起来。自从她生了个胖小子，"快活"就又回到了她的心底。虽然不能和丈夫说话解闷儿，却可以逗孩子，享受天伦之乐。他也变得快乐起来，经常像她一样兴致勃勃地逗着孩子玩耍。每当他发工资或者领到一点稿酬的时候，总要给她和孩子买点好吃的东西或新衣裳，要不就买些玩具回来。孩子给他们的生活带来了极大的乐趣。

孩子渐渐会说话了。孩子叫他，他不应；孩子和他说话，他不回答。至于孩子都说了些什么，他只好求救于阿敏。于是，阿敏便把孩子说的话写在纸上给他看。时间久了，孩子似乎明白了什么。有一天，他下班回来，孩子跑到写字台前，用小手拿起阿敏常用的笔，在本子上东画一道，西画一道。他看着那乱七八糟的道道杠杠，禁不住放声大笑起来，眼睛里充满了泪花。阿敏看着他们父子俩，心如刀绞。这时，他抬起头，看着阿敏的脸说道：

"敏……孩子多乖呀！你看，他也学起你来了，写字和我说话呢！……"

阿敏的心里充满了对丈夫的同情与怜爱，她感到十分难过。但是，为了安慰他，为了让他高兴，她只好勉强一笑……

作者简介

丁昌，原名吴昌，缅甸现代著名作家，1917 年生于缅甸勃古填磅基村一个普通的农民家庭。1946 年开始在缅甸《迪多》杂志上发表诗作，并多次在缅甸著名文学杂志《秀玛瓦》《妙瓦底》上发表中、短篇小说。1953 年，他发表了第一部长篇小说《珍珠之光》，受到读者的欢迎。他的主要著作还有长篇小说《缅历十二月》《绝不能再挨饿了》《喇叭》等。丁昌早年当过缅甸《侦探》和《登》杂志的编辑，后来担任过缅甸保卫世界和平委员会、缅甸作家俱乐部和缅甸联邦作家协会执行委员会委员等职务。

渔　夫

〔缅甸〕杰尼

风呼啸着，裹着团团乌云滚滚而来，雨，即将来临了。平静的湖面，顿时泛起朵朵银白色的浪花，欢快地跳跃着。那高出水面一肘多长的野草，在强劲的南风吹拂下婆娑起舞。水浮莲支撑起叶片，如小船的帆篷，在水面上乘风疾驶。

水浮莲深深扎根于湖底，傲然挺立，似乎偏要跟南风相抗衡。在这一丛水浮莲的另一侧足以避风的水面上，有一条小木船，船缆系在水浮莲的根部。原来这条小船是在与水浮莲相依为伴，共同抗御着南风的袭击。

小木船上有个人。那是一个与世人毫无差别的人，只不过他被人家称作"打渔的"罢了。然而，不管怎么说，他毕竟是一个人，一个地地道道的人。

他也是个渴望能够过上人的生活、享受人间幸福的人。不过，如果你说他与众不同，说他是个丧失了人权，或正在丧失人权，或即将丧失人权的人，那就更为恰如其分了。

的确，他那被烈日烤焦又被劲风吹皱了的黝黑的脊背，恰好是他悲惨境遇的见证。平时，他从不穿上衣。下身裹着的筒裙仿佛是临终前的病人的毫无血色的面孔，简直令人无法辨认出它原来的模样。他头上缠的头巾，是一条破旧的筒裙，上面还戴着一顶破斗笠。这一切都生动地显示出一个没有获得人权的真正无产者的形象。

在这条破旧不堪的小木船中央，是被称为淘水舱的中舱，前后隔板底下塞了两把芦苇茎，用来防止前后舱里的鱼钻进中舱，以免淘水时连鱼一块掏出去。前后舱都有盖，防止放进去的鱼蹦出。

风刚停息，雨就淅淅沥沥地下起来了。他解开系在水浮莲根上的船缆，摇起桨，朝他清除了杂草、布下网的地方划去。

只见水面上一个个浮标一沉一浮，正在向他点头致意，报告网里已经网住了不少鱼。每当鱼儿在网里挣扎跳跃，力图逃脱灭顶之灾的时候，就会牵动网顶上的浮标。只要看浮标的动向，就能断定网里是否有鱼。

他满意地笑了，有意无意地从腰兜里掏出一个宝石牌烟丝盒，盒子陈旧得生满了铁锈。他揭开盖子，取出一卷去了筋脉，涂上烟油的叠好的烟叶。咬了一口含在嘴里，把其余的又放回了盒里。这种烟叶一到嘴里，舌尖马上产生一丝淡淡的酸味。他买不起雪茄烟，要想解解烟瘾，只能这样做。然而，即使是这样，也不是他经常能够享用的。

"哎哟，全是攀鲈，全是攀鲈！"

他禁不住欢叫起来，他把后舱的竹盖打开，把捉到的鱼一条一条地投进舱里。攀鲈非常凶猛，倘若你的手脚不灵活，它那锋利的鱼鳃准把你的手刺得鲜血淋漓。它脊背上的鳍也够厉害的。但对于一个从小就生活在小溪和大湖里的渔夫来说，哪里会把这些水生动物放在眼里呢。

他手疾眼快地把网里的攀鲈一条条放进船舱里。那些攀鲈哇，真多，一条、二条、三条……

"呜——呜——呜——呜——"

正在他忙得不可开交的时候，忽然远处传来一阵号角声。

渔民最怕的就是鱼塘稽查官。当然，只要给他腰包里塞进十元、十五元钱，他就会把查塘的确切日期先告知你，你不在这一天出去布网，就能幸免一场灾祸。

不过，若总是这样，没有案子向上司呈报，上司也会察觉他受了贿。但是稽查官不那么傻，有时，也会装模作样地捉个渔民当"窃鱼犯"，再把一张破渔网上缴，作为证据起诉。然后，又由他，稽查官本人出钱暗里代那"窃鱼犯"缴纳罚金了事。他就是这样蒙蔽上司耳目。

如若没钱给他塞腰包，他就带领一帮爪牙，乘你不备悄悄出来查塘，没收渔网，将你逮走交法院并罚款，若没钱缴纳罚金就要坐大牢。因此，稽查官是骑在所有渔民乃至塘户头上的太上皇，哪个渔民不对他畏惧三分呢？

今年，渔民生活更加拮据，勉强能够糊口，哪里还有钱给稽查官老爷塞腰包呢！为了免除灾祸，渔民们不得不互相串联起来，谁先发现稽查官老爷的巡逻船，谁就吹起号角以示警告。

唉，号角又响起来了，稽查官老爷来了，必须马上逃走。可是他舍不得丢下那几张渔网。没有渔网，全家人就得挨饿。渔网是他唯一的谋生器具。有渔网，全家人才有活路。丢下渔网，回去也要遭到女鱼贩子玛梅英那污言秽语的臭骂，因为是她出钱垫支买的渔网啊！

他已经来不及摘鱼了，只好连鱼带网一股脑儿堆放在船上。然后，他悄然抬起头，向四下望了望，哦，稽查官的独木船已经出现在眼前了。船上三个人摇着桨，正朝他疾驶而来。稽查官老爷坐在船中央，身着雨衣，头上戴着油布的盔帽，好神气呀！渔夫再也不能犹豫了，他撇下了另外两张渔网，拾起船桨，用尽平生气力，把船划到稽查官望不见的野草丛和水浮莲丛的后面，径直往村里划去。

虽然已经进了村，他仍然不敢回头看看。他惶恐不安地，不顾一切地拼命往前划，一直划到那个简陋的，东倒西歪的破屋附近。那就是他的家。等船咯噔一下靠了岸，他才停住了桨，惊恐地朝四面看了一眼，不停地呼哧呼哧喘着粗气。

正在这时，一个筒裙齐胸、光着膀子的中年妇女从屋里迎面走了出来，瞅了瞅他，凄楚地说：

"孩子他爹，你怎么累成这副模样了！"

他默不作声，半晌才咽下一口唾沫，冷冷地说：

"妈的！你没听见号角响？稽查官的独木船来了！我拼了老命才逃回来，两张网全丢在水里了。"

听完，她捶胸顿足地说道：

"唉！往后，咱们靠啥过日子呀！再说，玛梅英能饶了你吗？她肯定会大发雷霆，找你算账。"

"孩子她娘，你待在家里说话不腰疼，要不丢下那两张网，连我这副老骨头也得搭上，你懂吗？我今天算是死里逃生啊！"

"该死的稽查官，快让他遭瘟死掉吧！"

梅盛狠狠地咒骂了一通，这是她所能做出的唯一反应，除此以外，她能帮些什么忙呢！在这种环境下长大的，随时都能听到诸如"遭瘟死的""害痢疾死的""不得好死"等吵骂声。而今，她也怒不可遏地骂上几句，原本是很自然的。与其责备她的粗鲁，倒不如去责备那万恶之源的资本主义制度更合情合理。

她登上渔船，从渔网上一个个摘下攀鲈，扔进一只破笭筐，然后把渔网晾起来，叫来了她那个十来岁的、赤身裸体、鼻涕邋遢的大男孩底隆，吩咐他拿绳子把鱼串好。在底隆身边还有三个弟弟妹妹，都光着身子玩弄着攀鲈。他们用纤小的手指触动攀鲈，使鱼鳃不停地忽闪，这时孩子们便急忙把手缩回来，接着就是一串串银铃般的笑声。

哥东盛伏在高脚楼上，怔怔地呆望着妻子和嬉戏的孩子们，不知为什么，映入眼帘的却是玛梅英那张可怕的面孔。一会儿，玛梅英就要来收鲜鱼了，一旦让她知道了今天的遭遇，那可不得了呀！可不得了！

他心灰意冷地吐了一口长气。

梅盛把四串鲜鱼交给了底隆，吩咐他到村里去叫卖，每串两安[1]钱。

"妈妈，我饿，让我吃完饭再去卖吧！"

"哎呀，小该死的，光知道填肚子，家里一粒米也没有，哪

---

[1] 安，缅甸在英国统治时期的货币单位，相当于一缅元的十六分之一。

儿来的饭！把鱼卖了，到阿肖店铺买半升米来，听见没有？"

底隆不再言语了。他知道卖掉了鱼，买回米，才能有饭吃。于是他高声喊着：

"卖鱼喽！卖鱼！"边喊边往外跑。

梅盛朝丈夫瞪了一眼，说：

"孩子他爹，你怎么像个快要死的人，还不到波滚哥家去借半升米来！就说等底隆卖鱼回来就还。"

像一个毕恭毕敬听从老师命令的小学生，哥东盛一声没吭，悄悄下楼去了。在这个家庭里，人人都得听从梅盛的号令。是啊，是她向鱼贩子玛梅英交涉垫钱置办了渔网，也是她挺身而出跟鱼贩子吵架，打交道。总之，样样事情都得她抛头露面。这就难怪她来号令全家了。

哥东盛借米回来走到家门口时，门里传出了吵骂声。梅盛正在跟来收鲜鱼的玛梅英争执不休。

"当初你们来求我时，是怎么承诺的？现在怎么忽然又自己去卖鱼了？网款还没还清，倒让人把网没收了，往后你们拿什么还我的网钱？"

哥东盛见势不妙，悄然离去了。他躲到附近的哥鲁貌家里。他实在不愿看见玛梅英那张脸。玛梅英由于过分嗜好嚼槟榔，一口牙齿全变黑了；她的一对大眼珠，一发火就鼓出来，活像一对螃蟹眼；她的鼻梁塌陷，鼻尖上翘，两个鼻孔朝天；皮肤黑得像柏油。她相貌丑陋，说话又那么尖刻，所以他非常怕她。幸亏他一向宠爱的妻子梅盛泼辣无比，敢于当面顶撞那个可怕的玛梅英，所以他才能躲在一旁，不然真是不可想象了。

"你吵什么，我们并没骗你，渔网的确让稽查官没收了。我们有啥办法！没米下锅，当然要匀出一部分自己卖。你仗着给我们垫支渔网钱，就压价收购我家的鱼，时价八十，你只给四十，害得我们饥一顿，饱一顿。还不许我们自己去卖！"

梅盛以守为攻的防御战真灵，一下子击中了玛梅英的要害，她暴跳如雷，猛然叫道；

"拿了我给你们垫置的渔网打鱼，当然要由我定价，归我收购。你要想得到满意的价格，你就去当婊子，给你男人置办渔网好了！"

越吵越难听了。话又说回来，这些粗鲁的言辞不用在这种场合，还能有别的用场吗？

两人越吵越凶，先是互相指着对方的鼻尖，进而动手扭打成一团，揪住对方的头发不松手。正如一首歌中所唱的："筒裙顾不得围，纱巾顾不上理，头上插的花儿也散落在地。"直到大伙出来调解，这场纠纷才算平息下来。

扭打总算停止了，可舌战仍在继续。她们的嗓子沙哑了，仍不停地臭骂，唾沫四溅。最后，玛梅英把晒着的那张网拿走，说是抵账才算了事。一场风波平息后，哥东盛才换成一副不惧疾风骤雨的气势，款款地走回家去。

"喔喔喔……"

哥鲁貌家的大公鸡拍打着翅膀，率先一叫，接着，波浪家的、哥东盛家的，乃至全村各家各户的公鸡都相继啼叫起来。

俗话说"乡间虽无更鼓，凭鸡声"，这确实不错。他们估计时间的办法，一般是白天看日影，夜晚听鸡声。

就拿他们对时辰的命名来说，也很有趣。白天看日影：早晨六时叫日初出，八时叫日上棕梢，十时叫化斋归，十二时叫日当头，午后一时叫日过头，午后二时叫日偏斜，午后三时叫日初落，下午四时叫日焰消，下午五时叫日头凉，下午五时半至六时之间叫日落黄昏。到了夜晚听鸡声计时：下午六时许叫鸡归笼，八时叫儿入眠，十时叫老人就寝，十一时叫后生归，十二时叫子夜啼，凌晨三时叫鸡初鸣，凌晨五时叫晓鸡啼。渔民只能拿不必花钱买的自然规律当计时器。

哟，鸡都叫啦！这正是鸡初鸣的凌晨三点钟的时候。因为没有蚊帐，成群的蚊子嗡嗡乱叫，哥东盛只好一边睡，一边拍打蚊虫。这时，不需要别人叫，自己就醒了。他一骨碌爬起来，看了看身边熟睡着的，光着膀子的妻子，又瞅了瞅她身旁的一领破席和那破毯子，深深地叹了一口气。

梅盛呀梅盛，蚊子这么猖獗，既没有蚊帐挡，又没有毯子遮，更没有衣服蔽身，而你依旧能睡得这么熟，这样香，真难为你呀！其实，不这样睡还能怎样呢？置不起蚊帐，买不起毯子，仅有的一件上衣还得留着出门时穿。也许因为从早忙到晚，极度困乏的缘故吧，或者因为她就是在这种环境中长大的，任何艰难困苦她都能熬过来，从没叫过一声苦。眼下蚊子这么猖獗，她却照样睡得香甜，一种难以名状的怜爱妻子的感情油然而生，哥东盛再也睡不着了。

他用怜悯的目光，深情地看着妻子和儿女，看了许久，才蹑脚走到屋外去洗脸。一阵和风夹杂着一股烂泥浆和鱼腥的气味，钻进他的鼻孔。成团的蚊子发出嗡嗡的叫声，打破了黎明的寂静。

他拿起一个椰壳瓢，从一只豁口的水缸里舀出一瓢水，洗完脸，就撩起那简直跟擦手毛巾相差无几的筒裙，一边低头擦脸一边往屋里走去。他唯恐不小心失脚踏在破楼板的缝隙处，便小心翼翼地蹑手蹑脚地走过去，把压在席子底下，折叠得整整齐齐的半新不旧的卡其短袖衫拿出来穿在身上。这是他唯一的一件衬衫，除了逢年过节或参加布施活动，他一般是不舍得穿的，偶尔有事情进城时，也拿出来穿一下。

是的，他今天要进城了。昨天傍晚，他得力的妻子梅盛从鱼酱商吴巴貌那里借来了二十元钱，准备买些线来织渔网，说定今后打来的所有缅野鲮都降价卖给他。可巧，他们又遇着一个印度鸡贩子，把自家养的鸡卖掉了几只凑足了二十五元。

哥东盛将带着这笔钱到镇子上去，买些铁链牌洋线团来织几张渔网。像他们这样的渔民，没有渔网就得饿肚子。至于屋顶漏雨，或没有上衣穿，那都是无关紧要的。没有蚊帐，没有毯子，也算不了什么，吃饭不断顿才是生死攸关的大问题。

"喂，东盛，咱们走吧！"

在他们槟蒲村与直柳漂镇之间给往来旅客摆渡的吴沙通这时来喊哥东盛进城。听见喊声，哥东盛连忙答应说："好，来了。"他把梅盛摇醒，向她要了那二十五元钱，抓起昨晚准备好的饭包，匆匆下楼去了。

天还没有大亮，田野上一片朦胧。他摸索着朝渡口走去，登上摆渡船，在尾舱找了个座位坐下来，摆渡船就开始移动了。只有一位老大爷和他并排坐在一起，地方显得很宽敞。朝船头望去，朦胧中依稀可见两个人的模糊身影，但不知是何许人，他也无心打听，一心想着自己的事情。他想起自己的妻子和儿女们的贫困生活，心里一阵绞痛。然而，他自己也不能幸免，除了心疼又有啥办法呢？是啊，有啥办法？但是——

但是，他现在手头有二十五元啦！按他的计划，一元用作往返摆渡费，其余二十四元用来买线团。早餐不必再花钱买了，因为他带了一个鱼酱饭包，可以对付一顿。铁链牌洋线团的价格据说已经从每盒六元涨到八元了。就算它是八元吧，二十四元刚好可以买到三盒。拿这些线织渔网，五天之内就可以织成五张。用这五张网去打鱼，少说每天也能打到十五到二十来斤鱼，虽说这些鱼的时价可卖到六十元，但因为渔网是借吴巴貌的钱置办起来的，所以打到的这些鱼必须按总四十元低价卖给吴巴貌。那也罢了，扣除各种债务，每天总可以进款六元到八元。他全家每日的开销仅仅一元，最多不过一元半。这样每天总可以有五元的节余。只要个把月，不仅可以购置蚊帐和毯子，还能修补修补因漏雨而淋湿楼板的房子……

想着想着，他的嘴角上浮现出了一丝甜蜜的微笑。唉！但是啊，但是——

这个"但是"又给他泼来了一瓢冷水。要实现这个理想，还相当困难。当然，鱼塘稽查官来刁难的季节已经过去了，不必担心没东西塞他们的腰包了。眼下，发愁的就是那些投标承租鱼塘的塘户所带来的困难。情况是这样的，每年从缅历六月二十到次年正月二十这期间，湖塘捕鱼权归塘户所有，其余时间则归官府所有。现在正是跟鱼塘稽查官打交道的日子。今天是六月十五，等到新的渔网大功告成之时，湖塘就归塘户所有了。因此，即便织了新渔网，依然有被没收的危险。

正因为这个"但是"，他不敢相信理想能够百分之百实现了。湖塘被官府和塘户们轮流占有，他们这些穷苦人，该靠什么过日子呢？对了，从前官府对无产者不也发过"慈悲"，赐过"恩典"吗？

当湖塘轮到官府经营的时候，曾经允许穷苦人带着一只鱼笼、一柄渔叉、一根钓竿到湖塘去谋生，而且宣布过穷苦人可以带着大眼网（窟窿眼大到一枚银圆可以通过的网）到禁渔区去打鱼。

这些，哥东盛当然知道。但那是什么"恩典"呢？不过是俗语说的"给是给了，拿不到；请是请了，吃不饱"那种虚伪的恩典而已。所以哥东盛并没有把这种恩典放在眼里。仔细一琢磨，用大眼网到那些只有小鱼的河沟里去打鱼，能打到吗？这样的"恩典"不是对穷苦渔民的嘲弄，又是什么呢？

至于可以带一根钓竿、一把渔叉、一个鱼笼到湖塘里去逮鱼，鬼知道拿渔叉一天能叉到几条！又能钓到几条！拿鱼笼捕鱼吧，在这样漫无边际的水域里，能捕到什么鱼？只有三月间的产卵期，鱼群沿河道逆流而上的时候才有可能。

官僚政治时代所颁布的这一条例，一直被保留到今天缅甸获得独立之后的自由同盟政府时代。在这种情况下，他们这样的穷人该怎么办呢？很清楚，那就是把法令放在一边，想尽一切办法谋生呗！如果把那些法令奉为神明，那么，像他们这样以捕鱼为生，其他什么都做不了的人，就只能挨饿。挨饿又不行，那就只好在种种干扰中硬着头皮去谋生。这就是他们为生存而进行的斗争，也就是哥东盛这样一些没条件投标承租鱼塘的穷苦人的斗争。用政治术语说，就是那些没有能力把那出自造化的茫茫水面据为私有的无产者的必由之路。这是哥东盛的想法，也是对使他烦恼的"但是"的解释了。

"喂，东盛，为啥不吭声？在想什么呀？"

在船尾用力摇橹的吴沙通问道。哥东盛的思路被打断了。他吓了一跳，随便回答了一句："哦！没，没想什么。"

当他从沉思中惊醒过来的时候，才注意到自己周围的说话声和船头交头接耳的议论声。他拉长耳朵仔细听他们究竟在议论些什么。

只听一个人在说："人们贪婪地互相争夺属于大自然的土地，把它据为私有，这是很不合理的。如果让这个私有制度继续存在下去，那么占有大量土地的人就一天天富裕起来，而那些没有土地的人们则一天天穷困下去。富的地主老财只有一小撮，没田没地、挨饿受穷的却越来越多。看来，土地国有化条例是当前缅甸现实情况下非常必需的。"

另一个人说："是这样，缅甸是个以农为本的国家。缅甸的复兴，就得依赖于农业的发展。所以，很有必要优先解决广大地位低微的、没田没地的农民群众的问题。这是缅甸的当务之急。"

说话的是从城里来的两位地方长官。他们是到乡下来给自由同盟的农村基层组织解决人事纠纷后回城去的。对哥东盛来说，尽管他们所使用的尽是政治词汇，可是他还是领悟到了：由于土地的私人占有，大多数没田地的穷人只能忍饥挨饿。必须把土地收归国有，分配给那些亲手种地的人去使用。他不由得抿着嘴微笑起来。他想："让那些有钱的塘户瓜分了这些并非什么人的祖传私产，而纯粹是天然的池塘湖泊，才使得咱们这些连一小块水面也没有的穷人挨饿。要是能把这些池塘湖泊实行公有，拿出一部分来分配给咱们这些以渔业为生的人，那该多好啊！"他忽然彻悟，并尽自己最大的能力同自己的现实处境联系起来考虑问题了。是啊！他也是个人，为使自己能过上人的生活，他仅仅做了一个人所能做的最起码的思考。

然而，哥东盛啊，虽然如此，你却偏偏是个渔民，这就难说了！为了维持生命，你顾不得杀生的戒律而以打鱼为生。尽管你们为社会提供了一种消费品，别人倒是靠着你们的劳动果实做买卖、发横财，消费者们也津津有味地享受着吃鱼的口福。而你们，却被视为贱民，被歧视，不被当人看待。就连那些高唱阶级平等的先生，一听到你们是渔夫就蹙紧了眉头。唉，这世道是多么不合理啊！

　　曙光抖掉了黎明前的朦胧，船渐渐靠近镇子了。哥东盛打了个哈欠，伸了伸懒腰，把头左右扭动了一下，又伸手摸了摸兜，钱还在，他放了心。

　　天亮时，船靠了岸。从码头到市场还有一英里远。别人都上岸走了，哥东盛没有动身。他打开饭包，狼吞虎咽地吃完了一包鱼酱拌米饭。之后，他不慌不忙地往镇里走去。

　　他在市场的印度人杂货铺里，挨家挨户讨价还价，仍是徒费口舌。果然像他早已听说的那样，铁链牌洋线团每盒涨到了八元。一分钱也不肯减。即使这样，不买又怎么办呢？

　　他掏出二十四元买了三盒，进城的任务就算完成了。他回到码头。因为渡船要到午后两点才开回乡下，时间尚早，他只好在附近一间茅屋里找个地方伸一伸腿，消磨时间。

　　昨晚被蚊子咬得一整夜没睡好，现在，他一躺下，就呼呼地进入了香甜的梦乡。直到吴沙通叫他，他才从睡梦中惊醒。

　　回忆着刚才美好的梦，真是乐趣横生。买来的线团一会儿就

渔　夫

变成了五张渔网，他高高兴兴地下湖捕鱼了。当他把布下的网提起来时，只见满满一大网取不完的鱼，取过鱼的地方又冒出不少鱼来，他索性又取一次。回头看看船舱，满舱的鱼，转眼变成了令人眼花缭乱的无数金钱，金钱又变幻成蚊帐、毯子、衣料。正当他喜不自胜的时候，突然被叫醒了。太好啦，是个好梦。他不禁若有所思地微微一笑。见他呆头呆脑的模样，吴沙通有点不耐烦了。

"喂！你发什么呆？快走吧！"

清晨六点钟。

哥东盛仰面躺着，怔怔地瞅着那几张叠得整整齐齐挂在竹竿上的渔网，不由得心花怒放。进城回来后，他五天之内就把洋线织成了渔网，并且已经泡过了烂泥浆，可以使用了。

网织成后，得用漆染一下才耐用。染过之后，渔网就由白色变成红色。但红色在水里太显眼，鱼儿是不肯来钻的。只有黑色能和浑浊的湖水浑然一体，因而还得把渔网放在烂泥浆里泡黑。这些工序现在都已完成，线团变成了地道的渔网——他是多么高兴啊！不久又可以捕鱼了！

"喂，东盛！你的渔网都染好了？"

当他正欣赏自己新置的渔网的时候，忽然听见有人在跟他打招呼。他转身朝大街上一望，原来是鱼酱商吴巴貌。

"是啊！染好了，请进屋坐一会儿吧！"

"不坐了，我还有事要到前面走走。渔网织好了，赶紧去捕鱼吧！现在鱼酱在仰光很能卖钱，是时鲜货哩！再过些时候，货一多可就卖不到好价钱了。"

"是，梅盛到阿肖店铺买东西去了，等她回来我就去。"

吴巴貌听了连连点头，说声"好，好！"，便大模大样地叼着一支雪茄烟走开了。

这个鱼酱商是直柳漂人，在仰光开店，可他并不常住仰光，而是委托一个心腹去经营，自己则常在直柳漂一带活动，借钱给那些急需用钱的塘户和渔民。到时，将他们打来的鱼廉价收购过来，托班船把货送到仰光高价出售。吴巴貌是个异常精明强干的人，很善于抓住一切有利时机赚钱，因此才成了大鱼酱商。但是他从来不肯把这样的机会向成全他发财致富的哥东盛等人让出一丝一毫。不管他的货运到仰光能卖多高的价钱，他还是尽量压低收购价。由于他是先付款后收货，所以很能贱买贵卖，牟取暴利。赚钱越多，资金越雄厚，营业的规模也就越大，利润也就越多。总之，他和他的同行们活动的全部目的就是赚钱再赚钱。

由于他们只顾自己赚钱，不管他人的死活，哥东盛这些人在他们的资本压迫下，究竟落到了怎样悲惨的境地了呢？

假使他们把自己打来的鱼制成鱼酱，运到市场上出售，将会得到什么好处？关于这一点，作为渔民的哥东盛尽管没有亲身体会，至少也有所闻。然而他手头没有资金，别说办这样的事情，就连买渔网线的钱都没着落，不得不向有钱人家借。不管对方提出什么苛刻的条件，也得接受。因为除此没有其他出路。他们只有抱着一种随遇而安的态度，听任摆布。这样，至少不至于饿死。不然，连饭都吃不上，只有死路一条了。他和他的穷哥们儿最大的盼头，仅仅是有口饭吃而不至于饿死罢了。一口饭哪，只为了这一口饭！

货币一开始只是一种为了交换商品而出现的交换媒介而已。当商品生产和商品推销进入均为牟取利润的资本主义制度时，货币由单纯的交换媒介变成了货币资本。这时，生产商品和推销商品再也不是为了本人消费，而是为了牟取利润。随着牟取利润活动的日益加剧，从资本到利润，又从利润到资本，积聚到一小部分人手里的时候，老老实实、安分守己的广大群众变成无产阶级而不得不受穷挨饿。谁不愿意饿死，就得甘愿忍受那惨无人道的资本奴役。这里，我们可以看到资本家卑鄙行径的一个侧面了。

资本家卑鄙到如此可怕的地步，它把无产者推到饥饿线上，久而久之，无产者就会由于不堪忍受这种非人的生活而起来反抗。既然社会上孕育着阶级差别的胚胎，那么，作为无产者起来革命的胎儿就不可避免地要发育，要成长，到时革命也就应运而生。然而，哥东盛却认为自己是因为前世没积下阴德，今世才受穷。唉，多难办的哥东盛啊！梅盛头顶着一只箩筐回来了。当她走进破旧不堪的屋门时，哥东盛帮她卸下了箩筐。箩筐里尽管没有装着珍珠般的细米，可也装满了碎石般的粗米。俗语说"凭着猴子把米讨"，今天梅盛是"凭着渔网把米赊"了。

在染网的五天里，哥东盛一家没有其他收入，简直是饥一顿饱一顿。嗯，梅盛从阿肖店铺里把米赊回来啦！那位深知渔网可将鱼儿变成钱的阿肖，把时价每缅升四安钱的大米按五安钱的高价赊给了梅盛。看哪！穷苦人就是这样处处受盘剥。但不管怎样，梅盛毕竟是个善于用妥善的办法来解决眼前困难的人。哥东盛用赞赏加心疼的目光瞅着疲惫不堪、正坐着休息的爱妻梅盛。

"梅盛，你真行，所以呀，我才这么爱你！"说着便弯下腰去，使劲地吻了吻妻子的面颊。

"嘻，你这个老不死的，都已经是一只脚跨进坟墓的人了，还那么疯疯癫癫！"

凭她怎么骂，哥东盛心里还是甜滋滋的，很舒服。他嘿嘿地憨笑着。这对恩爱夫妻并不像一般有钱有势的人家那样，在人前装正经，背地里却淫荡无羁，他们表里如一，是真挚感情的自然流露。

"好啦，我要去布网啦！"

哥东盛捡起一条破船桨，肩上扛起五张渔网，向楼下走去。

"你要机灵点，别让塘户发现了，这几张网再让人家拿走，准得饿肚子啊！这些塘户也太过分了，湖塘的水域那么大，哪块鱼塘归谁家都还没确定，他们就老早开始查塘了，真是贪心不足！”

梅盛忧心忡忡地提醒着丈夫。她怎能不担心呢？万一再被人没收了渔网……她不敢继续往下想了。

“我知道！”哥东盛说完，便把渔网搁在船上，舀干了船舱里的水，出发了。他兴头很足，总是很乐观。

船划到了湖里。他布网的地方，离村子或离芦棚都相当远，实际上很难说是在哪个塘户的领域内，因为现在水还很大，没办法规定鱼塘的界限。但是，贪心的塘户们已经开始合伙查塘了。不过，他们对渔民中的无赖汉却不敢随意得罪，甚至有时还奉承几句：“尽管捕吧！捎带着帮忙看看鱼塘，别让别人来打鱼！”

这些无赖汉很厉害，谁也惹不得。谁要没收他的渔网，他可不饶你，他会不管三七二十一先把你收拾了再说。因此，有些聪明的塘户甚至特意雇用他们替自己查塘哩！

瞧，哥东盛的生活道路是多么坎坷呀！尽管他明知前程险阻，但饥饿迫使他去铤而走险。

到了布网的地点，他把五张渔网一张接一张地布在湖里。由于网顶上安装了浮标，所以网底会沉入湖底，网顶会漂浮在水面。这样，过往的鱼就会落到渔网里去。

渔网终于布好了。但不能马上就捕到鱼。鱼是陆陆续续钻进网里去的。早晨布好的网，到下午才能收上来。布网的人不需要整天守着渔网，也不能这样做。否则，就有被塘户发现的危险。所以必须回家若无其事地待着，一直等到下午再去收网。

他手里拿着桨，并不径直朝村里划，而是先绕到水浮莲丛后面，往另外的方向划去。划一段路程，到了没有什么屏障的河沟以后，才朝村子里划。这是为了迷惑其他渔民，不让他们得知自己布网的确切地点。不然，有些浑蛋会乘隙把渔网偷走。

回到家，他一屁股坐在妻子早已准备好的饭桌前用餐。要说菜嘛，哪有什么特别的菜，只有一盘能够勉强叫作烧鱼的东西。油和辣椒都是象征性地点缀点缀，基本上是清水熬的。碗碟是拿飞机残骸的金属片做的。从来都是油渍麻花的，怎么下功夫也洗不干净。做菜用的油，不是花生油，也不是麻油。这些他们都买不起。他们只能用鱼腹炼得的鱼油。那些金属碗碟碰上鱼油，那真够呛！总是一股鱼腥味。可也没法子呀！只好得过且过。饭后，他躺倒睡了一觉。入睡前，他那双蒙眬、似睡非睡的眼睛，仿佛又看到了鱼群钻入自己布下的渔网里。等他睡醒，寺院里的铜磬已经敲了三下，正是下午三时。原来，这里的寺院每天总是按时打三遍铜磬，以此向村里人报时辰。第一遍是上午九点敲九下；第二遍，中午十二点敲十二下；第三遍，下午三点敲三下。

起床后，他喝着梅盛给他准备好的一壶茶水。茶很淡。尽管他喜欢喝浓茶，可如今他喝不起了。他想，等着吧！等打着了鱼，手头宽裕时再说吧！

喝完一壶茶，他捡起桨，登上那条破船。今天，他忐忑地等待着这个时候的到来。啊，收网的时候到啦！他将要打到鱼了，这鱼就会变成钱，钱又变成毯子、蚊帐、衣料，变成能挡风遮雨的房屋……

他焦躁不安地等了整整一天，现在总算到了收网的时候了。他的心，似乎变成风中的飞絮，一种说不出的轻松使他异常兴奋。

"孩子他爹，得留神一点哟，中午波滚哥来说，斯加柄鱼塘的塘户带着无赖汉妙貌去查塘了，碰上他们就糟了。"

梅盛在屋里又提醒了一下正在淘水的哥东盛。他似乎没听见，默然无言。他是嫌说话耽误工夫。此刻，他只想尽快见到自己渔网上挂满了鱼。船舱里的水终于舀干了。他用力划着桨出发了。

今天天气格外晴朗，万里无云。蔚蓝的天空像少女那心满意足的脸庞，洁净而明亮。映入他眼帘的一切景物都变得那么动人。

"嗯，这也许是我将有个锦绣前程的好兆头吧！"

他笑眯眯地用劲摇着桨，桨下的水发出哗哗的响声，飞快地朝后面退去。

到了，到了，终于到达了他焦急等待了一整天的布网地点。网顶绳上的浮标时起时伏，正在向他报告渔网里已经挂上了好多好多的鱼。啊，他笑了，尽情地笑着。他敏捷地把网一提，哎哟，黑黑的渔网上银光闪闪，全是缅野鲮和棱野鲮，还有商人叫作切头鱼的鱼。简直满满一大网，一条条的鱼卡在网眼上一扭一扭地挣扎着。他正在高高兴兴，手疾眼快、专心从网上摘鱼的时候，突然，一条船从密密麻麻的野草丛中冒了出来，划到了他面前。

坐在船上的不是别人，正是斯加柄鱼塘的塘户和他的爪牙妙貌无赖汉及其他三个人。

"喂，这老家伙，你以为你够聪明吧？早晨就看见你从这里出来，怀疑你到这里来布网，所以我们一直在杂草丛里等你来收网。喂！把渔网都给我拿过来。"

斯加柄塘户摆出一副得意的架势，命令他的爪牙没收渔网。主子一声令下，爪牙立刻过来夺渔网，哥东盛惊呆了，他紧紧抓住渔网不松手。

"哼，还想顽抗！喂！妙貌，让他领教领教你的厉害！"

妙貌手里攥着一把尖刀。或许觉得拿刀子对付一个手无寸铁的人不算本事，他放下刀随手抄起一支桨，用桨把子朝哥东盛的脊背上狠打。哥东盛忍痛握紧渔网，仍旧不松手。他爱网胜过爱自己的生命，因为全家六口人的命运全系在这张渔网上啊！

看不出东盛的脸上有丝毫怒容，他只用一双悲哀的大眼怔怔地瞅着无赖汉。倘若，还有一点人性，看见眼前这双悲苦的眼睛，也不会再动手打了，这双眼会使你后悔自己的无理行为。然而，眼前的塘户和妙貌却是没有一丝一毫人性的衣冠禽兽！

无情的暴行，终于夺走了哥东盛的自卫能力，他不由自主地瘫软下去，渔网也脱出了手。他眼睁睁地看着这伙禽兽夺走水里的五张网后扬长而去。只有那令人厌恶的阵阵狞笑声还依然萦绕在哥东盛的耳畔。

半晌，他才靠着船帮慢慢坐起来。他已被打得遍体伤痕，疼痛难忍。他的手抬一抬都疼得额头冒汗，脑袋昏昏沉沉。头上肿起了一个个大包。他不再笑了，也没有哭丧着脸。然而，他脸上痛苦的表情却是明显的。一双呆滞的眼睛闪烁着悲愤的目光。他抬起那实在不想动弹的手臂吃力地捡起船桨，慢慢往回划着。此时此刻，眼前的一切变得暗淡无光，不再是那样可爱，那样令人神往了。吴巴貌的渔网贷款，阿良店铺的赊账，自己一家六口人的生计……一股脑儿涌到他的眼前，像走马灯一样使他眼花缭乱。他感到头脑发胀，仿佛腾云驾雾，悬在半空，随时可能摔下来。

"这些本来并不属于任何人的天然资源，却被几个有钱人瓜分了，变成了他们的私有财产，使我们没有一片水面的无塘户挨饿。为了生存，只好到他人领域里捕鱼，却又横遭暴虐。天哪！哪儿是我们的活路哇？"

他没有咒骂这个人间，也没有控诉人间的不公道，不过是拿一颗痛苦的心倾诉自己的遭遇罢了。

是啊，世界如此广阔，却找不到自己的容身立足之地。

然而，哥东盛，你听啊！当今震撼全缅甸的到底是什么声音？

啊，原来是"为建立无产者们的人间乐园而斗争"！

译自《杰尼短篇小说集》《渔夫》（第一集），1964年仰光，
秀玛瓦出版社。

作者简介

杰尼（1922—1974），缅甸作家，出生于缅甸伊洛瓦底达努漂，原名吴敏崔。1950 年 4 月创作短篇小说《渔夫》，发表于《秀玛瓦》杂志，从此步入文坛。他是缅甸最早并且一直以"哥当登""梅盛"等为主人公，在文学杂志上发表反映缅甸渔民生活现状的短篇小说的作家。同时，撰写并发表了反映当时缅甸农村生活、风俗习惯和山乡美景的短篇小说《福地》，被誉为"一位创作令人伤心短篇小说的笔尖生花的缅甸作家"。2001 年出版了《杰尼短篇小说集》，深受缅甸读者欢迎。《渔夫》是他的代表作之一。

抉　择

〔缅甸〕林勇丁水

明天到。

钦貌乌

宁把电报放在桌子上，深深地吁了一口气。

钦貌乌早已爱上了宁。当他正式向她求爱的时候，他已是仰光大医院的实习医师，宁还在大学二年级读书。同时向宁求爱的还有一个人，他叫纽吞，也是位实习医师。宁的父亲吴廷觉是著名的外科大夫，现已退休。为了表示对国家的忠心，向学生传授知识和经验，他退休后在医学院担任兼职教授。

钦貌乌的条件比纽吞优越得多，他是拥有三百万巨富的抹谷宝石矿老板的独生子，从小娇生惯养。他在医学院学习时，就不像其他外地学生那样住在学生宿舍，而是在大学附近的甘马育地区租房住。为了他生活上的便利，他的父母买了一辆奔驰牌小汽车供他使用，专门从抹谷给他派来了一位司机。钦貌乌不仅富有，而且有一副特别受到红嘴唇的姑娘们青睐的堂堂仪表。他身高五英尺四英寸[1]，虽然不算魁梧，却讨人喜欢。

纽吞家境贫寒。幼时父母双亡，由于伯父鼎力资助才有机会跨进医学院的大门。然而，命运多舛，在他上医学院的最后一年，伯父又不幸身亡，他面临着辍学的厄运。当时，他伯父供奉的一位高僧得知纽吞的窘境，向他的施主——商号老板们说明情由，希望他们解囊相助。四位商号老板为了帮助纽吞继续就读，

---

[1]　1 英尺等于 12 英寸，合 0.3048 米。

决定请他为商号守夜，每月付给他二百元酬金。加上利用晚上七点至八点的时间在一家补习学校任教，每月也有二百元收入，纽吞这才得以完成学业。

纽吞不得不像西方国家的学生那样边工作边学习，最后也获得了学位。纽吞的相貌比不上钦貌乌，肤色棕黑，却很壮实。他身高五英尺六英寸，兴许是生活磨炼之故吧，显得比钦貌乌憔悴。他沉默寡言，仪表庄重。他是宁的父亲的得意门生，虽也时不时地进出她家，却很少往来。在向宁求爱的方式上，也不像钦貌乌那样善于言辞。不过是一次偶然的机会，宁从纽吞的笔记中发现了他也在默默地爱着自己。

有一天，纽吞有事来见她父亲，他们在书房交谈了一个多小时。在他们谈话的时候，宁送过一次咖啡。纽吞走后，宁去书房收拾咖啡杯，发现纽吞坐过的椅子下有一沓折好的纸。显然是从他的笔记本中遗落下来的。宁漫不经心地把纸展开来看，原来是上课时的笔记。翻到最后一张，宁的心突然紧缩起来，因为上面写的是纽吞对他自己的警句。

纽吞哪，你得明白自己的处境。你要走的不是铺满鲜花的道路，而是充满荆棘与坎坷的。你不能把鲜花般娇嫩的宁带到那布满坎坷的路上去。纽吞哪，你不能太自私了，更不应为了自己的幸福而把宁卷入暴风雨之中。不管你的爱是多么强烈，这种爱又是多么真挚，也绝不能让自己钟爱的人受到一点儿委屈和折磨。如果你对宁情真意切，你就应该放弃她。你要以爱宁的那种心情去忍受自己内心的巨大的痛苦。纽吞哪，要记住，任何时候都不要透露你对宁的爱，把她深深地藏在心底！

宁感到一阵头晕目眩，心脏剧跳不已。当初钦貌乌向自己求爱时，也没有如此强烈的冲击。眼下读到纽吞的字字句句，她却感到一种难以控制的激动。宁悄声地念叨着："佛爷，佛爷，他爱我！"

她没想到纽吞对自己如此情真意切。纽吞平素庄重严肃，每次到家里来都很少与自己交谈，最多不过寒暄几句。

突然，她发现门口有个人影，不禁惊慌地朝门口看了一眼。宁只觉得全身僵硬麻木，血液似乎凝住了。她慌忙把纸递给纽吞。

"我想我的笔记也许掉在这儿了，所以又回来了。"

纽吞的声音极为平静，看不出一点激动的表情。

"是这个吗？哥纽吞。"

宁的声音发颤，手也在哆嗦。纽吞接过自己的东西，并低着头看着被展开的纸张，然后不无歉意地抬头注视着宁。

"如果这张纸给你带来了烦恼，我由衷地向你表示歉意。这些话我并不是写给你的，而是为了提醒我自己。"纽吞向宁道歉。

"我理解，哥纽吞。"

宁的声音不像刚才那样颤抖了。她控制住了自己激动的心情。

"你能理解,那就请原谅吧!"

宁爽朗地笑了。

"当然能原谅。"

"谢谢你。宁,我可以保证不再给你添麻烦。当然,我知道这种决定是受思想支配的。我感谢你不责怪我。我回去了。"

纽吞说完便转身走了出去。

"哥纽吞!"

纽吞停住了脚步,回头望着宁。

"我想和你说说我的想法。我已经不是一个充满幻想的人了,我会客观地观察分析事物。我懂得所有人都离不开爱情,哥纽吞也不例外。我想你对我有情也合乎人之常情的。"

宁没有接下去说。她凝视着纽吞,纽吞正低头看着地板。

"可现在,我不敢考虑爱情的事。哥纽吞,你知道我是个学生,还在读书哇!"

"我理解你,因而我才让你知晓我内心的感受。不过……"

纽吞停顿了片刻,他在考虑该不该说下去。

"哥纽吞,什么事?"

"我知道自己的生活境况。宁,我不能把一个住在象牙塔中的姑娘带到破茅草棚里去。"

纽吞的话像涓涓细流滋润着宁的心田。哥纽吞很严肃,他的感情也是高尚的。

"我非常尊重你对我的善意，但我不是追求虚荣的人。我认为人的价值在于人的本身。我不同意用金钱来衡量人的价值。坦率地说，我没有独身的念头，我打算取得学位后再选择我中意的终身伴侣。在我寻找终身伴侣时，我会把你考虑在内的。"

"你这样器重我，我很感谢。真的，我并没有打算向你表达自己的爱情。可是，今天意外地让你知道了，我感到非常高兴。"

宁面带微笑注视着憨直的哥纽吞。

"不过，我没有期望得到你的爱情。我没有这种奢望。你知道我爱你，我就满足了。所以在你选择伴侣的时候，不用考虑我。"

"这是为什么？哥纽吞。"

"你知道，我要实现自己的目的，得克服很多困难。在我面前不是什么铺满鲜花的大道，而是荆棘丛生的坎坷小路。我不忍心，也不该把你拉到这条路上去。"

这些话反而使宁感到哥纽吞比想象中的更值得敬重。

"只要两人同心，无论住草棚还是琼楼玉宇，爱情是最主要的。物质条件不过是自私者的借口，我没有这种心思。哥纽吞，我想问你一件事。"

"请问吧，宁。"

"照你刚才说的，'在你选择伴侣的时候'，所谓'选择'，起码要有两个人，一个人也就谈不上'选择'了，是不是这意思？"

纽吞被问得张口结舌。

"你回答我的问话啊，哥纽吞。"

"你说得对。"

"这么说，你已经知道我选择的对象除了你还有另外一个人，是吗？"

"宁，你不要让我回答这个问题吧！我想我不应该也不能回答这个问题。"

"你能回答，哥纽吞。是的，像你一样，还有另外一个人也向我求过爱，这人是谁，我想你一定是知道的。"

纽吞点点头。

"我告诉你我有情于你，这是否意味着背叛了自己的朋友呢？宁。"

"这没关系。因为我还没有接受任何人的爱情。虽然他公开向我表示过爱情，但我像请求你那样，也请求过他。如果我每年都能通过考试，二十二岁便能获取学位，完成学业。那么在我二十四岁生日那天，我便会决定选择谁可以同我结婚。我并不要求你一定等到那一天，这也太不合乎情理。我不希望因为我而妨碍别人的自由。在此期间，假使哥纽吞遇到合适的生活伴侣，完全可以不受任何约束。"

平素很少笑的哥纽吞此时容光焕发。

"我同意你的想法。你也考虑一下我的情况和我的想法。如果你能接受，我一定等着。不过，有一点我必须事先提醒你的就是，在你选择生活伴侣时，不要因为我而烦恼。好了，我回去了。"

宁把钦貌乌和纽吞向她求爱的事告诉了小姑杜礼艾。因为只有小姑能与她无话不谈。宁十五岁时，母亲因心脏病去世。当时父亲吴廷觉只有四十来岁。如果想续弦，无论从职位还是地位来说，愿意嫁给吴廷觉的女人还是不乏其人的，吴廷觉因为担忧女儿受委屈而没有续弦。为了女儿，他把妹妹，独身的杜礼艾请到家里来。宁就是杜礼艾带大的。所以杜礼艾既是她的姑姑，也是她情感上的母亲。

然而，在婚姻问题上，宁和杜礼艾却发生了分歧。杜礼艾认为找对象必须具备几个条件，既要有钱有地位，也要有体面的亲朋好友，才能考虑结婚。所以她建议宁接受钦貌乌的爱情。宁却不这样想。她认为自己选择的对象必须和自己志同道合，名誉、地位并不重要，重要的是相互同情和关怀。钦貌乌的确具备杜礼艾提出的那些条件，但是他没有宁所需要的东西。要了解钦貌乌和纽吞，她需要足够的时间。因而她要求他们等待，等到她二十四岁生日的那一天。

宁在教育大学读三年级时，钦貌乌和纽吞都结束了实习期。钦貌乌家资丰盈，自费去了外国学习。纽吞则在政府部门工作，被分配到钦山地区，在帕兰当助理医师。到那里一个月后，他给吴廷觉和宁分别写了一封信。写给吴廷觉的信宁没看，不知道写了些什么。给宁本人的信却没有太多的内容，不过是一般朋友之间的问候而已。说他顺利到达了钦山，那里有大量工作需要他去做，估计以后不能常给她写信，请求她的原谅。尽管如此，他仍在念念不忘他们一家人。因为他孑然一身，除了宁他们一家，他无所牵挂。

此后，宁再也没有听到关于纽吞的消息。经常给她写信的只有钦貌乌。

八月十六就是宁的二十四岁生日了。那天，宁要按照自己的诺言选择终身伴侣。然而，时至今日，她还下不了决心。杜礼艾希望她选择钦貌乌成为她的丈夫。杜礼艾很喜欢钦貌乌，他不仅仪表不俗，而且学问高深，先后获得过医学学士学位和英国的皇家医学学士学位。他还拥有自己的诊所。如果宁和钦貌乌结婚，钦貌乌的父母还将为他们在仰光购置一幢楼房、一身红宝石首饰、一辆汽车，准备五十万元现款作为聘礼。杜礼艾希望自己的侄女能过上富足的生活，这也是她的一片好意。

纽吞和钦貌乌相比，显然黯然失色。可是宁觉得纽吞的品德比钦貌乌高尚。宁尤其喜欢纽吞那无私的心田。他说不要考虑他，是因为他的人生道路不平坦，配不上宁。纽吞不是口头派，而是一个实干家。他在钦山地区的近三年时间里，只给宁写过一封信，这就说明他不想让她对自己产生恋情。

对于女儿选择什么样的伴侣，吴廷觉采取听凭女儿意愿的态度。他已经从杜礼艾那里知道钦貌乌和纽吞求婚的事了。

"密艾，两个年轻人都很不错，还是让她自己选择吧！不要去干涉她，她也是个知书达理的人，让她自己决定吧！"

吴廷觉认为他们俩都可以成为女儿选择的对象，所以他对两个青年一向是一视同仁的。

按照三年前的诺言，宁必须在这一两个星期之内做出抉择。为了知道宁的答案，钦貌乌就要来了。他已打来电报告知明天到达。

"谁来的电报？"

杜礼艾看着宁手中的电报问道。

"是哥钦貌乌发来的。他说明天就到。"

"是赶来戴公主献上的花环哪！"

杜礼艾诙谐地说着。宁也不禁笑了起来。

"姑，给谁戴花环呢？"

"当然是钦貌乌喽！"

"哥纽吞呢？"

杜礼艾的脸立即沉了下来。

"你还在考虑那个小伙子吗？"

"姑，我也向他许了诺言。"

"我想他是不会来的。"

"什么？"

宁感到吃惊。

"姑，您怎么知道他不会来呢？"

"依我看，他是个不求上进、苟且偷生的人。"

"什么？"

宁又反问了一句。她那疑惑的眼神一直凝望着杜礼艾，坐了很久。

"姑，您为什么会这么想呢？"

"你想想看。凡是真心实意爱一个人的男人，谁不想让爱人过上舒适体面的生活呢？不说别人，就拿我大哥说吧，你爸跟你妈结婚时，他刚获得医师称号，在仰光大医院当了一年的实习医师，后来被派到地方上当助理医师。你妈也很能干，就用那么一点工资省吃俭用，从来不让自己的丈夫为家事操心，也不让他去找外快。这样，大哥不仅能安心工作，而且能够力求上进，有空就阅读医书。后来，有去外国学习的机会，他便提出了申请。当初你妈不同意他去——那时她刚怀上你，当然不愿意自己的丈夫离开。大哥就向你妈解释，暂时的分离是为了将来更体面地生活。后来你妈才同意。从国外回来后，他被提级晋升，由地区医师升为县医师，后来又调到仰光大医院，成为赫赫有名的外科专家。每一个力求上进的人都会关心自己的前程，踏上发迹的道路。你所说的那个人却一头扎到穷乡僻壤，山间野林，那种地方能有什么前途，能有什么作为呢？"

"山间野林和苟且偷生有什么关系呢？"

"当然有。在那里，远离能够帮助自己的大人物，也就可以随心所欲，不管干什么也没人说，那也就没有进步。这不是苟且偷生是什么？如果他真的爱你，就应该努力让你过上舒适的生活。现在他生活在穷乡僻壤，对他能有什么进步可言？真心实意爱你的是钦貌乌。如果他要寻求轻松安逸的生活，完全可以靠着父母的帮助开设一个私人诊所，舒舒服服地生活。可是，为了进取，他在奋斗。出国前，他虽然没有直说，可也曾间接地跟我说过，他是为了你才去国外的——他说，他去国外不是为了自己，而是为了婚后使他的老婆孩子能过得更体面。实际上，他确实在努力。虽然他们都是医师，可钦貌乌却有了两个学位，又有自己的诊所，前途无量啊！"

因为杜礼艾很中意钦貌乌，因而为钦貌乌说了一通好话。她说的一半也是真情。纽吞也真沉得住气，去钦山地区将近三年了，只写过一封像样的信。难道他真的像姑妈说的，在穷乡僻壤，山间野林贪图安逸吗？

可是父亲吴廷觉常说："一个医务工作者最需要的不是钱，而是用自己学到的本领真心诚意地解除病人的痛苦。这是医务工作者的责任。"兴许纽吞真的按照父亲的教诲不去寻求金钱？

"宁，貌钦貌乌来了！"

杜礼艾的声音里充满着喜悦。

宁正躺在床上看书。她慢慢地起身来到客厅。钦貌乌站在客厅里，门廊下停着一辆绿色小轿车。

"你好哇，宁。"

钦貌乌目不转睛大胆地凝视着宁的脸问候道。

"你好，哥钦貌乌。"

"老师呢？"

"爸爸上课去了，就要回来了。"

"貌钦貌乌，你带来的东西可真不少哇！"

杜礼艾十分满意地说着。

"车子装不下，家里还有呢！如果把妈妈他们买来的东西都带来，得租一辆载重三吨的车子才行。"

杜礼艾和佣人妙钦把钦貌乌带来的礼物从车上卸下来，搬进房间。

"宁，纽吞还没来吗？"

宁摇了摇头。

"这家伙也该到了。"

"哥钦貌乌，他说他住的地方交通很不方便。"

"这家伙的想法也别具一格。我去外国前就打算在瑞逢达路开个诊所，跟他合伙。可那个老兄却不同意，说他已经申请去钦山。"

"什么？"宁不由得吃惊地问道，"是他自己要求去的？还是上面委派的？"

"是他自己要求去的呀！司长还说过，是不是去三角洲地区医院工作？可是那老兄却要求把他派到钦山去！"

"噢，我原以为是上级委派的呢！闹了半天是他自己要求去的。"

这时，宁的父亲吴廷觉回来了。钦貌乌站起身向吴廷觉问候。

"听说你在抹谷开了诊所，一切都顺利吗？"

"老师，还不错。父母熟人多，所以来我诊所的病人也比别的诊所多。我一个人忙不过来，不得不请了一位大夫。不过，我不想待在抹谷，有机会我想到仰光来开设诊所……"

宁知道，这是冲她说的。

"想赚钱，仰光这样的地方当然最理想。"

宁瞥了父亲一眼，因为她知道父亲根本不会看重钱。

"老师，您听到纽吞有什么消息吗？"

"这一两天他也会来的。"

"他写信告诉您了吗？"宁问道。

"没收到他的信。貌登伦上我这儿来过，是他告诉我的。"

"那他现在在哪儿？爸爸。"

"他的岗位在帕兰。可是我听说他很少待在医院里。他经常下乡给病人治病。那里的人有个习俗，生病从不找医师，都是靠传统方法治疗，所以经常是生的病和吃的药对不上号。好多人不该丧生而丧生。我有一个朋友是一个医师，他向我介绍过这种情况。他说，廷觉呀，有些地区只当医师，光治病还不够，得下去搞宣传，要告诉人们生病要治病。如果成天坐在医院里等候病人，那只有在城里才能办到。貌纽吞深入乡间大约就是这个缘故。"

钦貌乌到达两天后纽吞才到。他可不像钦貌乌那样威风凛凛，乘着自家的小汽车。他是坐长途汽车来的，随身带来的礼物也不多。他给吴廷觉带来一条毯子，给杜礼艾一条筒裙，赠给宁的只是一枝寄生兰和一款现在享有盛名的香水。

"宁，我的礼物都不值钱，那枝寄生兰是我的一位病人送给我的。"

"这么说，哥纽吞花费好多钱了。"

宁故意逗着纽吞。

"没有。宁，我是免费帮他治病的，这是他对我的答谢。听说这种寄生兰十分罕见，可我对花一窍不通。他给的时候我也没拿，我觉得这对我毫无用处。后来，我想起你有种花的爱好，我才接受了。"

宁忍俊不禁，终于笑了。因为纽吞太老实了，他根本不知道自己是在逗他。

"宁，你喜欢吗？"

"当然喜欢。我也十分感谢你。我非常珍视你的礼物。但有件事我心里实在想不通，我想坦率地问你。"

"那就问吧，宁。"

"你为什么不给我写信？"

宁把长期郁结在心里的疑团说了出来。纽吞一时不知如何对答，半晌才说：

"我也坦白地说吧，我不写信是不愿让你对我产生感情……"

"什么？"

宁蓦然怔住了。对宁来说，她无论如何都难以理解这样的回答。

"我这样说，你绝对不要认为我对你的爱不严肃，不慎重。我不会用美的辞藻来表明我的心，我爱你如同爱自己的性命，就是这样。"

宁的脸瞬间变得绯红。纽吞不说则已，一说竟然这样直率。

"所以我没写信。如果写信，你就会想起我。你也会像你允诺的那样在考虑生活伴侣时把我也考虑在内。"

"那么，你到仰光来干什么？"

因为不满意，宁的声调变得有些生硬。

"我来，是老师叫我来的。"

"什么？"

宁又一次惊愕不已。她知道父亲已经同杜礼艾说过，他不准备干预女儿选择生活伴侣的事，一切听凭女儿的意愿。既然如此，为什么父亲又把哥纽吞叫来呢？难道他希望女儿在选生活伴侣时，也把哥纽吞考虑进去吗？

"爸爸是叫你来参加我的生日吗？"

"宁，不是的。你不要对老师产生误解。出国留学生选拔委员会里面有一位非常尊重老师的教授。老师向教授提议考虑选拔我。根据老师的推荐，委员会审查我的历史并决定进行面试。所以老师写信要我一定要来仰光。"

宁这才知道父亲对纽吞这样器重，对纽吞有着这样深厚的感情。

"这么说，你来仰光并不是来听取我的答复，是吗？"

"我不得不痛苦地回答你，是的。你不要考虑我。你的生活伴侣应该是钦貌乌。如果你选择了我，我会把你带到受苦的路上去。我不希望你有这样的境况，这是我对你的真心实意。在离开仰光前，说实在的，我是希望得到你的爱情的；可是一到钦山，我便放弃了这种希望。"

宁的心中一阵绞痛。纽吞的每一句话，每一个字都在刺痛着她的心。

"你住惯了大城市，是无法生活在我工作的山区的。这里，只要有钱，想吃什么任何时候都能买到，那边可就不行了。解闷的娱乐活动这里比比皆是，那边却寻觅不到。在那边，你要交往的人，生活习俗都与你格格不入，你会感到莫大的痛苦的。他们居住在祖国的边陲地区，需要为他们做的事情还有好多。教育、卫生、经济、社会……噢！需要做的事情太多了，简直无法述说清楚。可是愿意为他们服务的人，包括我们从医的和其他行业的人，几乎没有。"

纽吞说得很激动。杜礼艾说他不求上进，贪图安逸，可是纽吞做的工作全然不是为了个人，而是为了大众的利益。

"这次你是为了面试而来，对吧？"宁换了话题问道。

纽吞点了点头。

"大概什么时候面试？"

"大约还要过两个星期。在这段时间里，我要同老师商量做些准备。我实在不太想去。我去国外，那边的人就没人照看了。"

"你不在，上面一定会派人代替你的。我尊重你为大众谋福利的精神。我觉得你应该去。为了更好地服务病人，我希望你能进一步深造。"

"老师跟你的想法一样。是呀，这也是难得的机会，我一定努力争取。"

这时，吴廷觉从书房走了出来。

"吴达温来电话了。貌纽吞，他想见你。"

吴达温是留学生选派委员会的主席。

"好的，老师，我现在就去。"

"你乘家里的车子去吧！"

"不用，我乘公共汽车。否则，宁要外出就不方便了。"

"你用好了，我不出去。"

纽吞走了。

"爸爸，他说是你让他来的，是吗？"

"他是这样跟你说的吗？"

"是的。他说爸爸写信叫他来的。爸爸，他面试有希望吗？"

"在申请的人中间，貌纽吞是最有希望的一个。他的历史已经审查完毕。大家都欣赏他的见解和实际工作精神。我想他一定能得到出国的名额。"

"可是，看来他不太想出去。爸爸。"

"他不想去，是因为没有像他那样热心照看病人的人替代他。貌纽吞学医是有目的的。他要用自己学到的医术为贫苦人解除病痛。因为他自己经历过贫困的生活，他对同命运的人怀有同情心。在我的学生中，我最喜欢的就是貌纽吞了。貌纽吞是个真正的赤脚医生。"

"爸爸，什么叫'赤脚医生'？"

这个名词是中国流行的名词，在建设新国家时，人们抛弃了旧的思想，培养了新的思想、新的观念。人们意识到，人人都应该用自己学到的知识和技能为人民服务，必须抛弃寻求私利的思想。这种思想遍及各个部门。医务人员也不像以前那样只是为了金钱而治病，而是为人民服务。他们不是坐在医院里等候病人，而是走出医院，为那些不能来医院的患者治病。

"不能来医院的病人不都是穷人吗？都是些农民。在山区，到处都是泥坑、沼泽。医生去给病人看病时没法穿鞋，只能光着脚走路，所以被称为'赤脚医生'。貌纽吞就是'赤脚医生'。他到乡下给病人治病，这些都是与他合作的同事貌登伦告诉我的。"

宁感到一阵轻松。吴廷觉的一席话使宁更加了解纽吞的高尚情操。

"可是，姑姑不喜欢哥纽吞待在钦山。"

"密艾根本不懂一个医务工作者应有的职责。她只知道医师的收入高。老实说，医师的手可以点石成金。闺女，你要分清金钱医师和行善医师。貌纽吞不是那种金钱医师。如果他想要钱，那貌钦貌乌出国前叫他在这里开设诊所就是很好的机会，他却拒绝了。"

吴廷觉说完便回到书房去了。

客厅里只剩下了宁一个人。吴廷觉最后说的"你要分清金钱医师和行善医师"这句话一直回响在她的耳边。宁陷入了沉思。她想起父亲常教诲学生的一句话：

"对医务工作者来说，最需要的不是钱，而是要以最善良的心医治病人，医治那些遭受病痛折磨的病人。这是医务工作者的责任。"

"唉，黑天半夜的怎么去呀！是谁告诉你的这儿有大夫？"杜礼艾不耐烦地说。

雷鸣把宁震醒了。外面正下着滂沱大雨。她仔细听着外屋的说话声。

"大伯，我出不去。不是因为得不到出诊费而推托。你去请别的医师帮忙吧！我可以替你付出诊费。"

这是钦貌乌的声音。宁起床来到外屋。只见一位老人正站在门口，全身已被雨水淋得湿透。宁认识这位老人，他是经常来她家募钱的患病老人。

"我已经跟那条街的医师说过了。大夫，那位医师说他身体不好不能出诊。求求您救救我的闺女吧！生不出孩子会死的呀！"

老人带着哭腔的话语深深地打动了宁的心。

"实在没办法呀！大伯。"

为了女儿，心急如焚的老人竟叩头哀求了。钦貌乌却仍然拒绝出诊。宁看到这种情况心中非常难过，她欲言又止。

"我跟您去，大伯。请您稍等一会儿。"

不知纽吞什么时候出来的，他说完便转身回屋，拿起药箱又急忙走了出来。

"宁，我想用一下老师那把伞。"

宁马上把吴廷觉的伞递给他。

"来，大伯，我们走吧！"

纽吞撑开伞，搂着老人一起出了院子。凝望着纽吞的背影，宁心中不由得涌上一阵说不出的酸楚。

"给这老头一打搅，你都睡不好觉了吧！"

钦貌乌看着宁关切地问道。

"没什么，哥钦貌乌，我感到高兴的是老人得到了帮助。我认得那位老人，他经常上我们家来募钱。"

"噢，原来那老头子是个叫花子，亏了没跟他去。"

"闺女，貌纽吞走了吗？"

吴廷觉从房间里走出来问道。

"去了，爸爸。"

"闺女，没让他坐车子去吗？"

"是啊，唉，我怎么忘了！"

"好吧，闺女，去睡吧！都快一点钟了。"

宁回到了卧室，可她怎么也不能入睡。老人泪流满面哀求的情景一直在她眼前晃来晃去，让她久久不能入睡。

第二天很晚，宁才醒来。宁入座喝茶时，吴廷觉已经喝完了，正在阅读报纸，他漫不经心地朝宁看了一眼。

"闺女，今天起晚了，是吗？"

"是的，爸爸。晚上我总想着那位可怜的老人，一直睡不着。"

"貌纽吞到现在还不回来，看来昨天病人的情况很严重。"

"噢，晚上他没回来呀？"

"没有，闺女。看来是送病人上医院了。"

宁担心地吁了一口气，倒了一杯杜礼艾冲好的咖啡。

"看来哥钦貌乌也还没醒。"

这时，外出买菜的杜礼艾回来了。她把菜篮子递给了妙钦，自己坐到茶桌旁。

"为了买点需要的菜，我一大早就去市场，连咖啡都没喝上。"

跟杜礼艾前后脚，纽吞也回来了。不知是不是因为彻夜未眠，纽吞显得十分憔悴，衣服上也沾满了泥点。

"病人怎么样，貌纽吞？"

"老师，做了手术。她生头胎，又很虚弱。我去得正好，再晚一步就完了。我去到时她已经出血了。因为产道太窄，只能剖腹产，不得不安排送医院。"

"太可怜了。她父亲也有病，经济又这样拮据，真可怜。她的丈夫呢？"

"因案件被捕入狱了。老师说得对，她女儿的身世也很悲惨。当时正是半夜三更，去医院又借不到车子。后来搞到车子又因为住的地方窄，车子过不去，只得把病人抬出来。"

"哥纽吞，谁帮他们抬的病人？"

"我也帮着抬了，老人也是个病人，连走路都东倒西歪的。"

宁看了看纽吞的衣服，一身泥水显然是夜间抬病人时沾上的。

"在医院刚好碰上老大姐杜钦孟，太巧了。她说要剖腹产，但病人流血过多，需要马上输血。于是又去血库。血库里刚好又没有合适的血。好在我是 O 型血，就给她输了。"

"这么说，你不仅中了彩，而且得了特别奖喽！"

很少说笑的吴廷觉逗着纽吞说。

"是的，爸爸。哥纽吞中的彩是最崇高的。是他救了两条性命，不是吗？哥纽吞，你先别喝咖啡。"

谈话间，宁突然发现纽吞要倒咖啡，急忙阻止了。

纽吞立即把手缩了回去。他充满疑惑地望着宁。

"我给你冲麦乳精去。你刚输了血，又一个通宵没合眼，这样你会病倒的。"

宁敏捷地拿起暖水瓶冲麦乳精，并打了个鸡蛋在里面。她亲自给他把面包涂上黄油。这一切让一旁的杜礼艾不禁看呆了。

"现在病人情况怎么样？"

"老师，可以放心了。只是病人非常乏力，还需要注射补血药。大姐让我买药送去布施。因为晚上我没有回来，怕你们担心，我先回来说一下……"

"哥纽吞，你先睡一觉休息一会儿吧！我看你太疲倦了。"

宁的声音像慈母哄劝孩子一样充满了脉脉温情。

"没关系，这点我还是挺得住的。回来以后再睡吧。"

宁凝视着哥纽吞，直到他喝完麦乳精之后起身。

"好，我就去买药，给她送去。回来后我再安心地休息……"

"要去你就乘车去吧，貌纽吞。"

纽吞望了宁一眼。宁理解他的意思，他是怕用了车子自己出去不方便。

"你用好了，我不出门。"

纽吞出去了。不多会儿就听到汽车的启动声。宁瞥了爸爸一眼，爸爸正在阅读报纸。

"爸爸……"

这是宁憋足了劲才喊出来的。吴廷觉朝她看了一眼。

"哥纽吞什么时候出国，爸爸？"

杜礼艾惊讶不已。她看看宁又瞅瞅吴廷觉。

"还早呢！这次叫他来是进行面试。申请的人总共有四十多人，其实只选两人。貌纽吞是排在最前面的。我想他会被选上的，因为委员会都很中意他。不过选上也要等明年才能出去。"

"这么说来，面试完他还要回钦山去喽？"

吴廷觉点点头。

"爸爸，哥纽吞回钦山时，让我也跟他一起去吧！"

杜礼艾瞠目结舌，脊背像被一壶热水烧了一样难以忍受。她手中的咖啡杯都不知道是怎样放到桌子上的。没有异样表情的吴廷觉仍然平静地点着头。

"闺女，你是考虑后决定的吗？"

"是的。我考虑了很久才决定这样做的。爸爸，我对哥钦貌乌和哥纽吞做了长期的了解。他们都有很大的进取心，但奋斗的目的却不一样。哥钦貌乌为的是自己富裕，为了自己扬名四海。哥纽吞却不是这样的人，他是为了大家。我知道假如我同哥钦貌乌结婚，我可以住洋房，坐小汽车，过上舒适的生活……"

吴廷觉笑了。

"这方面，哥纽吞显然不如哥钦貌乌。然而他情操高尚，他没有私心。一到这儿，他就跟我说不要考虑他，他说我跟哥钦貌乌更般配。如果我选中他，生活上会很艰苦。"

"既然这样，你还……"

"密艾，让她说完嘛！"

杜礼艾还没讲完就被吴廷觉打断了。

"爸爸，这些反而使我倾向于他。"

"等等，他说的艰苦是指吃穿住行吗？"

"不，爸爸。不是指这个。他的工资完全够一家人生活。他说他是为山区人民服务才去那里的。钦山地区可不像仰光，没有游玩的地方。说我会待不下去的。再说，得为爸爸您慎重考虑，说您年纪大了，需要女儿在身边照顾。"

吴廷觉满意地笑了起来，笑得那么开心。

"闺女，不用为我操心，还有密艾呢！"

"因为他没有私心，我才尊重他。他不愿连累我受苦。昨天那位老人来求救的事，实际上也促使我做出这样的选择。"

"昨夜的事我都听见了。我也正等着看呢！"

"哥纽吞比哥钦貌乌更富有医德。为了拯救女儿，老人都叩头了。即便这样，哥钦貌乌还一味拒绝。"

"这也不能怪他。天正下着瓢泼大雨，谁愿意大雨天出去呢？"

杜礼艾为钦貌乌辩解着。

"姑姑，哥纽吞不就去了吗？"

宁有力地反驳道。

"密艾，我们当医师的可不管谁有病。无论是下雨还是出太阳，只要有病人来叫就得去。这也不分有钱还是没钱。说得绝对一些，哪怕是敌人，只要他来这里看病，也应该为他治病。一个真正的医师，在看病时是不把患者当作敌人来对待的，只能当作病人对待。我在上学时，我的老师、一位教授曾讲过这样一件事。他说在某西方国家有兄妹两人，父母双亡。哥哥当时正在医科学校学习，妹妹被安置在教会学校。因为太贫穷，他无法照顾自己的妹妹。但他有个理想，当他成为一个医师时，一定要让自己的妹妹过上体面的生活。然而，厄运降临到妹妹的头上，一位富翁的儿子奸污了他妹妹。妹妹羞愧难当，最后寻短见死了。做哥哥的心情是多么悲痛啊！闺女你可以想想，那是他最爱的妹妹。他没有父母，只有这个妹妹是他的同胞骨肉，他失去了唯一的亲人。大约过了五年，那位富翁的儿子落败了，当了强盗，在一次拒捕中，被警察的子弹打得遍体鳞伤，只剩下了一口气。警方把他送到医院治疗。当时，医院值班医师正好是当年被那个强盗糟蹋的女孩子的哥哥。这强盗难道不是那位哥哥的敌人吗？知道内情的人都会认为医师在治疗时肯定会把他杀死。但事实并不像人们猜想的那样，医师尽力为强盗进行了手术治疗。强盗流血过多，医师还把自己的血输给他。讲完这件事，当时我们的老师就告诉我们，作为医师，这是应有的态度。对医师来说，对待病人是不分敌人和朋友的，而是视病情的轻重分别对待。"

"是的，爸爸。哥纽吞也具备这种医德。老人并没有叫他，可他跟着去了。他救了两条性命，还把自己的血献给病人。哥钦貌乌就没有这种高尚的情操。我不愿自己的丈夫这么自私，也不希望自己的丈夫只顾自己一家人的幸福。所以，爸爸，我决定选择哥纽吞作为自己的生活伴侣。爸爸，我的决定没错吧！"

"没错，闺女，非常正确。你选上了我中意的人，也是你最喜欢的人。我也希望貌纽吞成为闺女的生活伴侣，但我没有说出来，这是考虑到闺女完全能够按照自己的意志来决定。但有一点，如果你要跟他去钦山，那你必须努力适应当地的生活习惯。当然，一下子是不会习惯的，但过一段时间总会习惯。还有，貌纽吞是赤脚医生，要下乡去治病，不会老待在医院里。这样，跟闺女在一起的时间肯定就少了。这一点你一定要理解他，体谅他。"

"爸爸，您说的这些我都想过了。我跟他去并不是准备在家里过退休生活的。爸爸，我想用自己学到的知识，教育那里的孩子。"

"善哉，闺女。我为你感到高兴和骄傲。好了，密艾，闺女既然决定跟着去，就得准备一些需要的东西，你替她买一下吧！中午我去银行取钱。"

几个月来一直郁结在胸的疙瘩一旦被解开，宁便感到有一种如释重负的轻松和愉快。

室外，阳光透过云层洒向大地，大地被染得通红，万物都在闪闪发光。

译自缅文《秀玛瓦》杂志 1983 年 11 号

留　恋

〔缅甸〕貌迎莱

（一）

　　唉——我深深地叹了口气，便无力地瘫软在椅子上。往返七英里路，委实令人气喘吁吁，疲惫不堪，此刻，我再也不想动弹了。

　　"这就是调工作的'好处'，现在吃苦头了吧？"

　　妻子面带愁容，看到我这副狼狈相，心里又急又疼。她没好气地甩给我的话，依然没能激起我说话的兴头。

　　玛钦温根本就不同意，或者说坚决反对我调到良礼彬来。

　　说实在的，我并没想调动工作，只是对上级命令不好违抗罢了。

　　我觉得公务员对上司就得唯命是从，叫去哪儿就去哪儿，叫干什么就干什么。这是每个公务员必须遵守的信条。

　　两个月前，我正在沃镇水利部门工作，突然接到调令，连我自己也感到惊愕不已。当时玛钦温对此非常不满，她说：

　　"你别去，跟县长说去不了。我们有什么差错？干吗非要调我们走？"

　　我的调令闹得她茶饭不思，坐卧不宁。家里每来一个客人，她都要跟人家发发牢骚，还一个劲地埋怨我的上司，并怂恿我回绝调令。祖父母都长期居住在那里，家里十分热闹，所以什么地方她都不愿去，更何况良礼彬呢？

　　"别说了，这是上级的命令，不去是不行的……"

尽管我想说服她，可没料到这句话却引起了她对我的误解。

"噢，原来是你想调动。我明白了，你可以调到你老家去了，怪不得你一心想去！"

"唉，你说到哪儿去了，这又不是我特意请求的，是上司的命令。"

"上司也不是非要你去不可，自己不愿意去，还是可以的。"

玛钦温固执己见，我生怕争吵起来，便说：

"调就调吧，何苦自寻烦恼呢！"

我正是怀着这种不愉快的心情，来到良礼彬的。这当然是上司的命令，玛钦温却认为是我自己情愿来的。

现在看到我这个样子，她就连讥带讽地责备我："现在你吃到苦头了吧！"

眼下，我不想旧事重提，于是没有理睬她。

（二）

那天晚上，兴许太累了，我连饭都没吃好。

到家已经七点多钟了，孩子们都已进入了甜蜜的梦乡。

我还得算账，写五份报告，于是坐到写字台前。

"不歇一会儿吗？刚吃过饭又接着工作，也该喘口气呀！"玛钦温疼爱地嘟哝着。

为了使她满意，我没有违抗她。她说：

"我来给你按摩，好吗？"

我不置可否，只淡淡一笑。

"一天到晚总这么跑来跑去的，腿都酸了吧？来，给你按摩按摩。"

我不再装模作样地拒绝她了。我拖着沉重的双腿躺在玛钦温铺好的席子上。因为一直硬挺着，已经感觉不到浑身酸疼。实际上，周身已经麻木了。可不是吗，每天来回走七英里，已经是第十五天了。而且，整天东奔西跑，哪有停歇的日子。

可是不这么辛苦受累怎么行呢！筑堤工人技术都不熟练，我怕他们敷衍了事。雨季马上就要来了，这条大堤实在太重要了，哪容得丝毫马虎呢？

这条堤距良礼彬整整七英里，堤外就是水流湍急的锡唐河[1]。每当雨季来临，河水猛涨，流量骤增，汹涌的河水滚滚而来，仿佛要吞噬一切。

由于受到水流的冲刷，两岸塌方日趋严重，沿岸一带旧有的护堤受到威胁。尤其是邻近的船埠村村头，护堤离河岸只有五十英尺。今年雨季一来，基宽六十英尺，顶宽八英尺，高十三四英尺的大堤就有坍塌的危险。为此上级才委派我负责在旧堤后面加筑一条同样规模、长约一英里的新堤，而时间只有一个月，必须在本财政年度结束前的三月底竣工。这确实不是一件轻松的事情。

---

[1] 锡唐河即锡当河，缅甸的主要河流之一。

若是由专业筑堤工筑堤，我也无须这样操劳，无须这样仔细检查监督，只要把任务交付给带班的头头就行了。现在却不然，筑堤的都是些没有技术的村民。而我，除了五名护堤工作助手，又没其他帮手。这样，我就不可能把所有工作都推给他们。事无巨细，几乎件件都要自己动手，我的工作就更繁重了，

　　"起初我不是说了，别调动。如果在沃镇，不会受这种罪，也不用跑这么远的路，即便有事外出，也是舒舒服服地乘船。再说，凡事也用不着你亲自动手，那边有监工、管堤的，还有工头，事情都可以放心地交给他们。"

　　玛钦温一面给我按摩小腿，一面又数落开了。

　　"像你现在这么受累，能得到什么好处？一不升官，二不发财，干不干还不是一个样？"

　　"你也真是，年纪轻轻的，倒像个老太婆，唠唠叨叨，没完没了。"

　　"你不爱听，可我还是要说。你又不如人家那么壮实，瞧你这瘦骨嶙峋的样子，这样劳累下去，不知要少活多少年。我劝你，还是赶快找个工作轻松的地方待待吧。"

　　我想，处于我的地位，最好还是不搭理她。

　　忽然，隔壁房间传来了英语广播的声音，说明时候不早，已经九点多钟了。

　　"沃镇那儿多好哇，有什么事也叫得应。要是你因公外出，婶婶和玛丁泰他们都可以来陪住。这儿，我什么亲人也没有，你

父母又都在乡下。"

"好了，别再说了。你也累了，想睡就去睡，我还要干事情。"

对玛钦温的话，我实在无法反驳，良礼彬虽说是我的故乡，父母、亲戚都在，但他们都住在良礼彬镇东面的瓦勇贡村，情况正像玛钦温说的：倘若有什么事情，很难找到一个帮手。为此，玛钦温感到孤独，心里有疙瘩，干脆说出来能痛快些。所以她经常唠叨，然而，这样一来，连我也不免产生一种举目无亲的孤独感了。我担心再听下去，这种沮丧的心情有增无减，于是我不得不打断她的话让她去睡觉。

"明天还去吗？"

"还得去。明天有个大村的村民来报到，要给他们划分地段。我跟他们约好，一清早就去。好了，不早了，你先去睡吧！"

说着，我弯下腰吻了一下她的前额，祝她晚安。这是我们自打结婚那天起就养成的习惯。

"噢，明天上午机关里的小家伙来，让他把这些文件带走。今天晚上我看完，都放在桌子上。"玛钦温顺从地点点头，走进了卧室。

不一会儿，我听到咔嗒一声，卧室的灯熄了。

（三）

我来到大堤上的时候，初升的太阳还裹在朝雾的纱幔里。

锡唐河宁静地躺着，仿佛沐浴在和煦的晨光里。微风吹拂，水面像铺上了一张张细苇席，令人心旷神怡。对岸种着一片片花生、烟叶和玉米。一只黄莺突然从深绿色的花生田里腾起，径直朝东飞去。对岸的村庄隐约可见，还可依稀看到离村子很远的勃固山起伏的雄姿。

我贪婪地吸吮着黎明时分醉人的清新空气，沿着旧堤走下去。

每当锡唐河发洪水，有一处堤岸首当其冲，岸边的水就有两根竹竿深，河水冲刷着河岸，坍塌下来的大土块像一块块礁石矗立在河滩上。

旧堤离河岸五十英尺，有一片齐人高的茂密小丛林。

三位妇女头顶水罐说说笑笑地穿过丛林，来到堤上然后又朝堤后面的田地走去。那边有民工居住的茅棚。刚开始修筑的新河堤也在那边。她们是到河边来汲水的。

我呼吸着清新的空气，朝修堤的人群走去。

"您好！您这么早就来了？"

茅棚里的一个人远远见到我就打招呼，他叫哥昂巴，约莫三十岁，宽宽的下颚，身材魁梧健壮。

他是村里的民兵头，白天在这儿参加修堤，夜间有时还回村执行民兵任务。我们是开始修堤时相识的。

镇区党组织和政府把筑堤的任务分配给了城南地区十五个大村，每个大村负责修筑一段。

在十五个大村中，紧邻河堤的叫东朗村。哥昂巴就是那个村的修堤负责人。

"天没亮就出来了。我怕晚了要挨太阳晒。怎么样，今天出工吗？"

"准备歇一天。村里有一家要出殡，得回去看看。噢，您一个人来的，没伴吗？"

"没伴，就一个人。"

"您真有胆量，可也得小心点哪！这条路可不太安全。只要稍微大意一点，歹徒就会乘机出来抢劫。最近我们民兵进行了搜捕，情况稍好一些。"

经他这么一提醒，我倒有些后怕了，因为我经常深更半夜来回走路，路上一半是农田，一半是林间小路。树林虽不茂密，可是每当来往行人稀少的时候，就有可能遭到抢劫呀。

"不过也没什么可怕的。我是说要提高警惕。再说，我们这一带也有民兵巡逻。"

我正跟他说话，力班村委员会的一个负责人，带着修堤的村民走了过来。村民们都手拿铁锹、箩筐，还随身带着锅碗瓢盆等家什。

我直接把他们领到修堤工地，指给他们取土的地方，然后向他们简单地介绍了修堤的方法。筑堤这件事看来很简单，实际上却不那么容易。

首先得按规定的长度、宽度和深度取土，这样挖一方是一方。把土方一层层地堆放在堤上也是一种功夫。要求堆放得有一定的形状，这样也省工。否则，非但堤不成形，高的高，低的低，凸的凸，凹的凹，弯弯扭扭不成样子，还会白费工时。

修堤第一天，东杜贡村就干得不好。明明用白灰画好的线，规定从白线开始堆土，他们却偏偏不听，到处乱抛。结果不得不重新返工，白白浪费了劳动力和时间，工效很低。

我把这典型例子告诉了大家。后来各村均按规定取土放土，再也没发生过类似事情。然而，他们毕竟不是专业队伍，事情远不是那么顺利，需要随时检查和指导。

"听说给我们发米和油，到哪儿去领？"一位村民问道。

我指着不远处的一个茅棚说："就在那儿！"

那茅棚便是我和管理员休息的地方，也是发放米、油及其他修堤工所需物品的地方。我的管理员日夜待在那里，从不擅离职守。

"嘿！领米去。吃饱肚子最要紧，工作可以慢慢来。"那位村民说着俏皮话，拿着箩筐走了。

（四）

"我正等您呢！"

这一天，我一到，哥昂巴便迎上来说。

"哦，什么事啊？"

"噢，我们村里的女校长说，想让她的小学生们参加筑堤劳动。打算为学校筹集一些资金，不知您同意不同意？"

"可以。他们来劳动当然欢迎。"

"那还有地方吗？"

"有，让他们在你们那一段里劳动不好吗？"

"那我回村告诉他们，让他们明天就来工地。"

哥昂巴满意地跑着回去了，不知为什么，他今天显得格外高兴。

"刚才东杜贡村两位负责人来找过您，说有事商量。"一位叫哥丹的工人说，同时给我端来一杯茶。

"什么事？"

"他们什么也没对我说，只说等您来了再说。嘿，说曹操曹操就到。"

两位村民走了进来。

我迎上去问道："你们找我有什么事？"

"划给我们一些地方吧！您到我们那儿去看看，没地方取土了。"

实际上并非无处取土，而是他们不愿意到离堤较远的地方去取土。我早就估计到这个村子要出问题，因为他们不像别的村那样集体一起干，而是每家包土方，各取各的土，因此取土的地方就不够了。逐渐退后取土，运土的人可就倒了霉，运一筐土得往返三百多英尺路。

起初我曾善意地提醒过他们，但谁也不听。其实，根本不必走这么远的路，只要在取过土的地方，再往深里挖一挖就行了。有些人就照这样做了，但有些人怕与别人的土方掺混，没有这样做。现在，终于发生了没处取土的问题。

"您给想想办法，再给我们一块地吧！"东杜贡村村民围着我说道。

"没地方了，你们就按我说的做，在原来的地方往深里再挖一挖，就能取很多土方。"

有些人对我的话不服气，脸上立刻露出不高兴的神色，其中最明显的是那个肤色绛红、长着络腮胡子的人。

我听见他和旁边的人说了句："这用得着他说吗？"同时那布满血丝的眼睛朝我看了一眼。

"我们就在这儿挖不行吗？"

考虑到堤的牢固，规定取土的地点必须离堤四十英尺。

我摇了摇头，并向他解释，为了确保堤坝坚固，非按规定取土不可，看来他们不满意。

"那就得挖农田了。"

"不行，我们没有权力挖取农田的土，照我刚才说的，到挖得不够深的地方取土吧。"

我的话音刚落，只见他用铁锹狠狠地杵了一下地，表示不满，然后悻悻而去。

看到这种情景，我虽感到气愤，却没有介意。然而他的举止却整整一天都影响着我的情绪。

我离开那儿，沿着河堤去检查其他村子的出工情况、筑堤进度及工程质量，看到情况比前一天令人满意，按期完工是有把握的了。我似乎真正体会到了群众的力量。

光阴荏苒，已经到了三月中旬，能工作的日子只剩下半个多月了。

劳力逐渐在增加。也许各村都担心自己负责的工段不能按时完工吧。因此不必担心三月底完不成任务了。

（五）

意想不到的事使我的心情难以平静。

"没错，就是德。"我不禁失声喊了出来。

除了白色上衣和绿色筒裙这一身整洁的校服，她的容貌、姿态似同过去一样。

这的确是件意外的事。当哥昂巴提及小学校长时，我还以为她一定是戴着深度眼镜的老教员呢。

想不到她竟是一位貌美而端庄的年轻姑娘，更没想到她就是我曾经热恋过的德。

这意外的相见犹如在平静的湖面投下一块鹅卵石，激起了一阵浪花。

乍知是德，我惊呆了，半晌才强作镇定朝她走去。然而我的双脚却不听使唤，软绵绵轻飘飘的，一点儿劲也没有。

我像是同一位少女初次相会的小伙子，心中不期然地激起了一阵无名的跳动。

看来不仅是我，德也因这次邂逅而惊疑不定。在那一瞬间，她的脸色骤然发生的一连串变化已经揭示了她内心的不平静。

"德！"

"哥敏貌！"

"德，你在这里当教员吗？"

她点了点头，默然不语。

德显得很庄重，不像以前那样活泼，穿着也朴素大方，脸上抹着一层淡淡的黄香楝粉。我注意到她脸上还薄薄地搽了一层胭脂。

她穿着一套校服，显得落落大方。于是，我不禁回想起她过去的模样。那时，她的头发可不像现在这样梳得整齐光亮，而是散披在肩上，圆圆的脸蛋涂一层白白的香粉，异常美丽动人。她爱穿戴，衣着也入时。全身还散发着外国进口香水的幽香。我至今还清楚地记得那种曾使我陶醉的香味。

德的学生好奇地看着我和她交谈。哥昂巴发现我们两人是故友重逢，便说：

"原来你们早就认识，那我就不必多介绍啦！"说完便走开了。

我马上量了一块地方给德。划好地段，德的学生就开始挖土了。

太阳刚升到枝头，天气就已经很热了。一眼望去，工地上的人们呼着号子忙碌着。

"德，太阳很毒，到茅棚里坐一会儿吧！"

"不去了，哥敏貌。把孩子们扔在这儿不好。"

德说完这句话，朝另一个地方很快地扫了一眼，我也朝那边望去，发现哥昂巴正不时地把目光投向我们。

（六）

往事如潮。那天晚上，直到我进了家门，德的身影以及过去的生活，才像走马灯一样一幕幕地在我脑海里浮现出来：我们俩一起待在高中校园里的巴旦杏树的浓荫下；我们避开行人躲在体育馆高墙下偷偷地接吻；我们逃学到吉祥电影院去，坐在最后一排座位上谈情说爱；那佛塔周围的优美环境使我们的爱情更加深厚；德身上散发出沁人肺腑的馨香，挨近她让人心醉……

回忆让我激动万分，真是意味无穷。昔日播下的爱情种子似乎重新在我心底萌动。

说实在的，现在不是回忆往事的时候了。我已经成了家，是个有妻子、儿女的人了。

回忆尽管是美好的，但都已成为不该回忆的往事。无论怎样，我和德是不能重叙旧情了。即使可以，也将充满坎坷和障碍。

想到这里，我又自然而然地想到华侨姑娘敏敏意，我和德的感情之所以破裂，不正是因为这个华侨姑娘敏敏意吗？

那是在我上十年级的时候，敏敏意从私立学校转到我们学校来学习。因为我们是邻居，受她父母之托，我不得不经常同她一起上学和回家，以便照顾她。

这件事我预先告诉了德，德当时也很坦然，并不介意。后来不知为什么，她忽然要求我不要和敏敏意在一起，不要一起上学和回家。我也努力遵照德的意见去办。但敏敏意很不懂事，致使德产生了误解。最后，我和德彼此疏远了。尽管她在热恋时炽热得像一团火，但说到分手，却又那么冷若冰霜，前后判若两人。

当时我也曾极力解释，但她根本听不进去。就这样，我们不得不分手。

那年，我中学毕业考上了大学，敏敏意也上了大学，但德没有毕业。我听说她第二年才毕业。从此以后，我再也没听到过有关她的任何消息。大抵就在那一时期，她当上了小学教员。

此刻，我回想起有关德的往事，心里不禁一阵阵惆怅不安。

"爸爸回来了，爸爸回来了。"

玛钦温用手指点给孩子看，儿子吞吞内便活蹦乱跳地朝我扑过来。我把他抱起来，他像往常一样亲热地吻着我汗水淋淋的脸颊，然后问我：

"带饼来了吗，爸爸？带饼来了吗？"

我精神恍惚，没能回答他的问话。儿子一连问了好几遍，我都没有回答。

"你脸色不好，不舒服吗？让我摸摸。"

玛钦温忧心忡忡地询问着，抚摸着我的额头。

"没发烧！是天气太热了吧？来，把背包给我！"

她把我肩上的背包取下来，又把儿子接过去放在地上，还不会走路的小女儿度沙昂伸着两只小手让我抱。

我没理睬她，闷闷不乐地坐到椅子上。

"你在太阳底下走这么远的路，又累又乏，歇一会儿，洗个澡，解解乏。"

唉，老实的玛钦温，她一点也没有察觉到我的变化。

（七）

"喂，哥敏貌，过来一下。"会议散了，我正准备离开会场，区人民委员会委员、我幼年时的老师吴觉敏喊道。

"你机关来电话，说你岳母病重。"

我心里刚刚产生的轻松感，顿时化为乌有。今天区人民委员会开会研究筑堤的事，整个工程已完成百分之七十五，三月底以前一定能竣工。我正感到心满意足。可是现在这种心情一下子被突如其来的消息驱散了。我甚至忘记与吴觉敏告别，急匆匆地往回走。一进家门，就看到了玛钦温那双哭得红肿的眼睛。

看来她早已得知母亲病重的消息，一定是我们机关里的人也告诉了她。孩子们看到妈妈不高兴也都默不作声，看见我回家也没出来迎接，呆呆地站在旁边。

我一看表，已经是下午四点钟了。不知道岳母的情况如何了，我知道非常孝顺自己母亲的玛钦温一定很焦急，便催促她说：

"快换衣服，我们马上去看看。"

"现在去还有车吗？"

"赶上什么就搭什么呗，总能碰上一辆的。"

还算幸运，果真碰上了一辆政府部门的汽车。

等我们到达岳母那里，她已经脱离危险。听说，岳母原来连话都说不出来，现在好多了。

见到病人有所好转，我让玛钦温和两个孩子留在勃固。我自己第二天就回良礼彬去了。我跟玛钦温说，让她等母亲病愈后再回良礼彬。我是不能不回去的，那里还等着我去给大家量土方、结账、付钱呢！

（八）

黄昏时的阵阵轻风格外清爽宜人。鸟儿乘着微风从一个枝头跳到另一个枝头，戏耍着，欢叫着。

在微风的吹拂下，旧堤与河岸之间的树林婆娑起舞，瑟瑟作响。

锡唐河河水蜿蜒曲折，好像正偷眼望着在堤岸上散步的我和德。

她跟我在一起，完全像个陌生人，问一句答一句，而且只是只言片语。她虽然同我并肩行走，却很少主动出声，半晌才说道：

"我得跟你先说好了。"

"什么事？德，你说呀！"

"我是说我现在还没有结婚，不过很快就要结婚了，我想应该让你知道这些情况。"

我一时没听懂她的话，后来才明白过来。

"怎么？你怕我会充当一个反面角色，在你们中间插一手吗？"我很痛心地说道，"说实在的，在你没告诉我以前，我已经知道你和哥昂巴的事了。"

"什么？"

"我既不想败坏你的名声，也没想破坏你们的计划。不过，在这里能意外地见到你，我很高兴，这是真的。"

德目视前方，款款地走着，脸上布满了阴云。我知道一向好哭的德此时一定是眼泪汪汪的。

风迎面吹来，德的秀发在风中飘荡，筒裙也飘然拂动着。

深深埋藏在我心底的激情似乎立刻就要爆发。可以想象得出来，我的表情一定是非常难看的。

我们不知不觉已经漫步到德居住的村旁。起初我想到她家认认路，然后再返回，可现在我突然改变了主意。

"我先回去了。我是决不会当反面角色的，我衷心祝愿天下有情人皆成眷属。当然，我也为你们的爱情祝福。"

我说完便转身离去了。

德喊了一声"哥敏貌"，只喊了一声，就不作声了，因为她突然看见不知何时来到面前的哥昂巴。

我无可奈何地冲哥昂巴笑了笑，他却毫无表情。他什么时候尾随而来的，我一点儿也不知道。

（九）

"当……当……当……"

东朗村传来十一下敲铁条的打更声，还不时传来狗吠声。

老工人哥丹烧上一壶水，两眼盯着一个地方发呆，其他工人大约由于一天的劳累都已安然入睡。

晚上，我没回良礼彬。玛钦温和孩子们都不在家，我一个人太孤单了，不如就睡在工地上，因而就留下来了。

然而我却瞪着两眼，彻夜未眠。我想念玛钦温和孩子们，我从未离开过他们，乍一分开，若有所失，很不是滋味。不知玛钦温是否跟我一样，也没有入睡？孩子们不知怎样想念着爸爸呢！此时此刻，我才发现自己是多么喜爱和留恋玛钦温与孩子们。他们不在身边，我的心犹如被撕碎似的难以忍受。

在这失眠之夜，思想的野马也就无拘无束地奔腾起来，有时也会插翅飞向德。而一旦想到德，我心中便感到一种令人窒息般的沉重和烦闷。我虽然丝毫没有重新拜倒在德面前的杂念，可又禁不住往昔对德产生过的爱情之火的焚烧。

这是不是我对玛钦温的不忠呢？可怜的玛钦温还蒙在鼓里呢！我辗转反侧，睡神总不降临。于是，我索性起来走到屋外，独自坐在尚未筑好的堤上。风正呼呼地刮着，这是一个月黑天，四周黑乎乎的，什么也看不清。

堤下的工棚像蹲在黑暗中睡熟了似的，一片宁静。只有一个茅棚里依然亮着灯光，那里发出一连串当啷、当啷的响声，并且可以依稀听见醉汉含混不清的吵嚷声。

那是哥昂巴居住的茅棚。

当啷的声音越来越响，说话声也越来越大。

"当啷……"

随即看到一件东西从茅棚里滚落出来。

我蹑手蹑脚地走向茅棚，从黑暗处看到哥昂巴歪斜着身子站着，地上锅碗狼藉，一个人扶着他。

"你走吧！我求求你，让我一个人待一会儿。"哥昂巴极力想推开那个人。

"你安静地睡了我就走。你不睡，我不走。"

"我不睡，今天晚上不睡了，我也睡不着，我的心都碎了，都碎了。"

哥昂巴简直像个疯子，他的声音颤抖而嘶哑。

"我爱她。我感到幸福。可现在呢？我再也不会幸福了。你知道吗？她碰到原来的情人了！"

这时我才恍然大悟。他这样反常一定是因为下午我和德见面的事。

这是他内心感情的爆发，我非常同情他，同时也感到内疚。

我悄悄地离开了那里。但我依然听得见哥昂巴捶胸顿足的号啕声和摔锅砸碗的声音。随后，一种恐怖感向我袭来。我担心哥昂巴会伤害我。他知道我和德是旧日的情人以后，再也不会把我当作朋友看待了。

可我还得来往于河堤和良礼彬，而这里正好是哥昂巴说了算的地方，他随时都可能加害于我。

想到这些，我感到沉重，惶恐不安。

整整一夜，我在床上翻来覆去，怎么也睡不着，直到天亮才蒙眬入睡。第二天早晨我起床后觉得脑袋昏昏沉沉的。

（十）

人们有意无意地向我围上来，个个手里拿着挖土筑堤用的铁锹。

我手下丈量土方的两名工人各自拉着皮尺的一端，好像不知干什么好了，你瞧瞧我，我瞧瞧你。

十五个村的人干活大体都还好，只有东杜贡村发生了麻烦。闹事的就是那个绛红色皮肤的大胡子，前些日子因为我没给他另划地方挖土，他跟我怄了气。

之后，他终于不顾规定在离堤四十英尺以内的地方挖土了。我不知道他什么时候开始挖的，现在才发现这个土坑。看来他喝醉了，硬让计量土方，这分明是故意制造麻烦。

"喂，快量！不要耽搁我的工夫！"他粗暴地，像下命令似的对我说。

我摇着头说："我不能给你量。按照规定这里是不准取土的。以前我就劝阻过你，整条堤上也没有一个人在这儿取土。所以，我绝不能同意，也不能给你量。"

当然，我知道只要妥协一下，事情就会平息。然而，这样做其他人就会效仿，大家都不遵守纪律，后果不堪设想。我不愿意发生这种情况，因此明知棘手，我还是硬着头皮顶着。

我的话音刚落，他就怒不可遏地向我冲过来，想当众侮辱我。一些妇女瞧见他这种蛮横的样子，失声喊叫起来："来人哪，快把他拉走！"

"喂，住手！"我突然听见一声大吼。随后，我也被推到了一旁。

我回头一看，原来是哥昂巴。他显得很威严，眼睛直愣愣地盯着，一只手紧紧握着锹把，另一只手随时准备应对突发情况。

事情来得如此突然，使我无暇思索，当时我竟误解了他，以为他是借机来报复我的。

他注视着大胡子，向他步步逼近。他前进一步，大胡子就后退一步，其余的人都屏住了呼吸。紧张的空气像是凝固了一样。

"你要干什么？你怎么能这样对待一个执行任务的人？他为了你们和我们地区人民的利益，远离家乡，到这里来工作。为了赶在雨季到来之前完成筑堤任务，他努力工作。你们怎能这样对待他呢？按理，你们应当处处照顾他，可你们却恩将仇报，这对吗？"

周围鸦雀无声，谁也不说话。大胡子似乎由于害怕，酒也醒了。哥昂巴正气凛然，冲他说道：

"大家都知道，四十英尺以内的地方不许取土。没有一个人在这儿挖土。你不守纪律，硬逼着人家给你丈量，你觉得对吗？"

大胡子害怕了，退缩了。

哥昂巴转身向周围的群众说道：

"你们怎么也都眼睁睁地看着他胡来，不出来管管，都只顾看热闹呢？可真有你们的！好吧！技术员，这些土坑，你也别再量下去了，明天当着他们村里头头的面再量吧！"

说着，哥昂巴把我从人群中拉了出来，东杜贡村的村民们呆呆地站在那里，像被钉子钉住一样。

我的眼泪几乎流了出来。我很感激哥昂巴，而且对他产生了由衷的敬意。想起刚才还误解了他，我深感内疚。

我们从人群里走出来，只见德正急急忙忙朝我们跑来。看来，她以为我和哥昂巴之间发生了什么摩擦。

"怎……怎么啦，哥昂巴？"

"这些人真无聊，不守纪律乱弹琴，还不服气，跟技术员寻衅闹事。"

"现在怎么样了？"

"还算好，我早到了一步，否则技术员可要吃苦头了。"

"啊……"德的眼睛都瞪圆了。

（十一）

已经来不及躲避了。

我刚刚看到一个黑乎乎的影子，一个硬东西就重重地打在我的头上。

"啊……"我只喊了一声，便失去了知觉。

当我苏醒过来的时候，我已经躺在良礼彬的医院里了，头痛得不敢动弹。

"你醒了？"玛钦温亲昵地俯视着我问道。看得出，她哭过，一双眼睛都哭红了。看到我醒过来，她脸上露出一丝微笑："你醒了？"

"我怎么啦？"

"你在去河堤的路上，遭到袭击，头部挨了闷棍，破了。民兵把你送到了这个医院。听他们说，歹徒以为你身上有钱，想行凶抢劫，那家伙当场被抓获了。"

听她一说，我才想起自己去河堤的途中挨揍的情景。平素，每当我走乏了，就在那棵两人合抱的大树下休息一会儿，那天歹徒是先躲在那棵树后面，然后找到机会袭击我的。

昨天，刚巧发钱的人不在，没能支钱，现在看来真该感谢他。否则，那些钱肯定会被抢走。这算是不幸中的万幸吧。

"接到你们机关打来的电话，我马上就从勃固动身了。爸爸也来了。姐姐和玛埃敏他们也要来，但妈妈身体还没全好，就让她们留下了。大家都很焦急。乡下你父亲、母亲接到你们机关的通知也都来了，探病的时间一到，都会来看你的。"

噢，让大家着急了，我那年迈的父母不知急成什么样子呢。

"孩子呢？"我想念自己的儿子了。

"没带来。儿子哭着要来看爸爸，爷爷怕孩子来了烦人，让他留在家，他只好哭着留下来了。"

我心里像被什么堵住了那样难受。倘若我真的有个意外，孩子将会怎样呢？他会多么伤心哪！

想到懂事的儿子，我禁不住流下了眼泪。

"你哭什么？有我在这里，待会儿爸爸妈妈就来了，别难过，没什么大不了的事。"尽管她是在安慰我，可她自己的眼圈也红了，突然转身跑到病房外间，大概是偷偷抹泪去了吧。

眼前的情景使我更加难受。玛钦温为我担忧、流泪。倘若我再显得悲哀，她怎么受得了？

我勉强克制住自己的感情，擦干了眼泪。过了片刻，玛钦温进来了，果然满脸泪痕。其他病床上的病友都注视着我，玛钦温坐在我床边，她那充满爱怜的目光一直没有离开我。我温柔地捏着她的手。我觉得玛钦温是那么可爱，我更加爱她了。刚刚为母亲重病担心、伤感，现在又为丈夫忧心如焚，一连串的灾祸一下子都降落到一个年纪轻轻的妇女身上，她是多么不幸啊！不正是担心发生这种意外，她才执意反对我调动工作吗？如果当初我依了她，就不会让她吃这么多苦了。回想起来，我感到十分内疚。

　　"温！"

　　"有什么话，你尽管说吧！"

　　"出院后，我就打报告要求调回沃镇，我一定想办法争取调走。"

　　"哦，这是为什么？"

　　"你想，当初要是听了你的话，能有今天？为了我，你也跟着受罪，我对不起你，原谅我吧。出院后，我一定会使你满意的。"

　　玛钦温的脸色顿时阴沉起来。

　　"怎么，你不高兴吗？"

　　玛钦温慢慢地摇了摇头。

　　"那为什么？"

　　"现在我哪儿也不想去了。开始不同意调动那是真的。可事实并不像我想的那样。这次，一听说你出了事，机关的人都很着急，又是给勃固打电话，又是通知乡下亲戚。再说，筑堤的各村负责人也都问候、打听。听到消息后，全地区的人都感到不安，还对我说，需要什么帮助尽管讲。真的，他们比亲人还体贴我，尽管这儿没有我们的亲戚朋友，可是这些共事的人不都是亲如手足吗？所以我决定不走了。"

"你说的是真的？"

"当然是真的。"

"太高兴了，谢谢你。"

我紧紧地握住玛钦温的手。她脸上顿时绽开了笑容，这笑容很快也传到了我的心田。

病房外响起了一阵脚步声。

探视病人的时间到了。走在最前面的是哥昂巴和德。我以由衷的微笑迎接他们的光临。

译自缅甸《内达意》杂志 1981 年 5 月号

作者简介

貌迎莱，原名吴觉，缅甸作家，1947 年生于下缅甸良礼彬镇瓦勇贡村，1968 年取得市政工程学院文凭，1975 年通过自学获得缅文硕士学位，后在下缅甸丹那平镇水利部门工作。他发表过许多文学作品，主要有短篇小说集《轮回中的生灵》（获 1975 年缅甸文学宫短篇小说二等奖）、《他也是凡人》（获 1980 年缅甸短篇小说三等奖），剧本《利中利》（获 1975 年缅甸剧本二等奖），小说《一块砖一粒沙》（获 1976 年缅甸少年文学二等奖）。

236

迷宫——缅甸短篇小说集

空空和萌萌

〔缅甸〕钦山根貌

（一）

当我看到折了半截的玉米株时，整个人都气坏了。株上一根玉米都不剩，只见一地的玉米芯和叶子。在玉米茬的碎屑间，还散落着一两簇黑色的熊毛。不远处还能看到熊的粪便，上面沾着未消化的榛子粒儿。

这些玉米可不是普通的玉米，是比普通玉米还能多产两倍的危地马拉硬粒种玉米呀！我种这些玉米是有打算的。在我们钦族人的磨黑地区实行刀耕火种的模式。不管是耕地前放火烧地，还是收割时都很轻松，但剩下时段的耕种工作就比较辛苦了。我们一年到头不停不歇地劳作，也得不到什么好的收成。

"都是上过十年级的人了，居然没去当公务员！"

虽然在陇努村的亲戚们如此责备我，我却一直钟情于耕田种地的生活，打小我便对此感到亲切和依恋。不仅如此，如今的我还想进一步推动该行业的发展。我想要建立茶叶、破布木树、桑树、苹果、橘子等长期作物的种植园区，但是从长远来看，又不能撇开短期作物不管，否则会导致食粮短缺，所以我就想着种上玉米。现在倒好，东边和树林相接的地里的玉米株，都被糟蹋得一塌糊涂。

"嗒！"我生气地打了个响舌[1]。

我马上从地里跑回家中，从墙上扯下我的双筒枪。这把枪是

---

[1] 响舌，缅甸人生气时习惯用舌头打响，表示愤怒。

用去年卖玉米的钱从其他地方想方设法才买到的。我反复擦了擦枪，发现有一点美中不足：早先为了吓唬经常来田里捣乱的猴子，子弹都打完了。但是没关系，还有子弹壳。我又磨了磨火药粉，然后倒入弹壳里，再把一些小铅珠装入弹匣，小心地关上塞子。

我本想抬起枪来就打，但又不能这样做，因为毕竟还不确定熊是从哪条路进来的。所以当晚我都守在瞭望台上，挨了一整夜的冻，觉也没睡好，但是熊并没出现。一大早我朝田里望去，更加火冒三丈了：这熊又"从容"地将西边的玉米株弄倒了！

为什么找不到这畜生呢？这一带最多只有三四棵榛子树。通过粪便可以判断出这准是某种吃榛子的家伙，其中熊可是最喜欢吃的，这一点它和猪一样。猪无论榛子树有多远，都会找着去吃，在路上经常会因误闯入森林而成为狼群的美餐。狼捕到猎物时，习惯于先从其排泄口掏出内脏，所以即使猪的运气好能够逃命，肛门处的撕咬伤也是免不了的，因此，它们总带有残破的伤口。

我左手拿着枪，右手提着刀轻轻地走进了丛林里。说实在的，我只是想打探一下熊的踪迹才这样做的，但没想到就直接碰上了。在越过一个小山包后，我看到它靠着一棵松树呼呼睡得正香。熊、老虎哇都是这样，夜晚出来觅食，白天就在山洞或树穴里睡觉。所以在我们这一带，对于太阳老高了才出来耕作的人，就会调侃他说："你这头大老虎，现在才出来呀！"

我不仅碰见了熊，还踩到了它的脚哩！大熊惊醒后立马一晃儿站起来。我吓了一大跳，手忙脚乱地往它头上一砍。趁着大熊依然睡眼蒙眬又受了伤，我赶紧越过它朝山头上跑去，避免让它看到我。猛兽们都有一个改不了的习惯，如果老虎被袭击后，它就会蹿起半米多高；若是熊被袭击，它就会朝地势低的地方去找袭击对象。现在大熊正疼得嗷嗷大叫，两只手左摇右晃地朝低地找去。

见大熊没看到自己，我心中万分庆幸。它若是往下找，根本就见不到人，总之这可不太容易；况且它也分不清上下方位，只是胡乱地冲撞罢了。此外，其实靠爬树来逃命也很难：若是树干光滑还行，可要是枝干粗糙，它就可以顺着爬上来。事实上，熊这种动物可是能在树上聚集嬉戏、睡觉的呢！我们下地时，偶尔可以远远地听到它们在树上活动时折断树枝的声音。

我返回去看的时候，熊已经远远跑到山下去了。它倚靠的松树洞里忽然蹿出来两只小熊。原来我砍到的是一头熊妈妈呀！

无论如何我都不会放过这个好机会的！对于我们钦人来说，"高雷依农"（即"弑虎的荣耀"）、"厄羌埃农"（即"弑'食榛者'的荣耀"。这里的"食榛者"只包括野猪和熊这两种吃榛子的动物）——这些都是最高级的荣誉；"库埃农"（即"弑食草动物者"，比如宰了鹿、麂子、野牛、水鹿等的人）就没有多少可炫耀的了。尽管每个人都是普通人，但你要是射杀了熊和老虎，你就可以成为"人上人"，在各种庙会、乔迁仪式等集会上，享受到在上首房间中坐高位的优待。然后美酒先饮、佳肴首尝，并且在村子里有着巨大的影响力，没有人敢对你不尊不敬。所以，我们这等凡人怎能拒绝得了这种荣耀呢？于是我把两只小熊用毯子裹起来背了回去。我打算把这两个小家伙先圈养起来，等养到肉质肥美时，就把它们作为战利品宰了吃掉。到时候杀了鸡拜完神，再隆重地宴请父老乡亲们。只杀一头熊的人已经无比荣耀了，若是杀了两头，那就更不用说了！

（二）

但是情况出现了变化。那一天，我们村里来了一位管理小学的新老师，她叫杜蕾蕾凯。大家对这位新任教的老师都格外尊敬。

因为她的职务，大家在称呼她时都会先加一个"杜"字以表尊敬，但她的实际年龄不过二十一岁左右。她的仪容端庄大方，性格温柔文雅。因此，我们又怎忍心加上"杜"来称呼她呢？于是都亲切地喊她为"小老师"。

小老师已经知道了我的事情。她用不悦的神情看着我抓到的两只小熊。夜色渐暗，在灯火的映照下，两个小家伙滴溜溜地转着眼睛。

"你呀你，不仅把妈妈砍伤，还把它的孩子们抓来，打算杀了当战利品吗？"

她用一种丝毫不能理解的表情看着我。在我看来，她的眼神里带着一丝丝嫌恶。

"今天下午，吴哈昂老师已经把它们的事情告诉我了。熊妈妈真是太可怜了！据说母熊没生孩子前，公熊非常爱它，以至于经过它身边的动物都往死里咬；等它生了小熊后，公熊连看都不看它一眼，它就只能靠自己照顾孩子们了。"

话倒是没错，公熊确实生性冷酷。在这方面，犀鸟就和熊截然相反。雄犀鸟会在雌犀鸟快产卵时，为其造一个很好的鸟巢。孵化期间，它会去外面觅食，将找到的食物小心翼翼地喂给母鸟，同时守护着母子安全，直到小鸟破壳。

"听着，吴昂林。"

听到小老师以"吴"开头称呼我，我也吃了一惊。之前从未有人这样叫过我。

"嗯嗯，您说。"

"我有一件事相求：希望您不要杀了这两头小熊。您要是留下它们的性命，所获得的荣耀可比杀了它们大呀！"

我感到一阵心冷。那一晚我无法入睡，小老师的话充斥在我的脑海里——"吴昂林哪，你可是一个文化人，以后要做这个地方的领导呢！"无缘无故的，为啥要这么说呢？

不管怎样，我最后下定了决心：给两头小熊一条活路。此外，回拒那些想要刺探母熊行踪去猎捕的人。原本我这样做是出于私心，是为了日后自己悄悄去干这事。后来，我自己的内心也摇摆了，现在掩盖此事完全是出于一颗纯洁善良之心。

第二天一早，我就抱着其中一只小熊去到小老师那儿。看到她正在念佛，于是在外面等了半个小时。她出来后，我把小熊交到她手中……

"我赞同小老师您说的话，不杀它们了。您收下这一只小熊吧，就当作我给您的礼物好了，剩下的那一只我会继续照顾它。"

<h1 style="text-align:center">（三）</h1>

"空空！"

有一天，我去小老师家时听到这样一阵喊声，看到了小熊在那一纵一跃的场景。

"哈……它能听懂您的话吗？"

小老师笑起来。

"嗯……现在看上去仿佛能听懂似的，最开始是因为它总喜欢这样又蹦又跳，就给它取了这个名字。"

我也很满意这个名字。

"小老师取的名字真可爱呀！既然老师给了这个名儿，我也给我的那一只取个名字——'萌萌'，它们不是同胞兄弟吗？这样一来有个相似的名字，也不错！"我一边说，一边拉过空空抱起来，揉了揉它胸前雪白的毛。

也不知道小老师对我的一席话怎么想，她只是自顾自地笑着。

空空和萌萌

听说小老师通常会给空空喂香蕉、佛手瓜和饭之类的，我就只喂萌萌米饭，但是它也不怎么吃，所以我改喂了它玉米和嫩薏米。

小老师特意给空空在她住的楼上留了一个房间，并给予细心的照顾。我却不能给予萌萌同样的条件，只能在我那窄窄的小棚屋前给它圈了一个围栏。所以，每个来到我屋前的人都会开玩笑说："嘿，伙计！你的'猪'长多大了？宰杀拜神的时候能不能分我点儿呀？"有的则会戏谑道："你养这玩意儿长大后要干吗用？让它去采蜂蜜吗？"他们知道，熊是很擅长取蜜的动物，可以爬到树上很高的地方去采食树蜂的蜂蜜，还会去掏一种大蜜蜂（这种蜜蜂蜇人后可致人死）的蜂窝。要是毛发浓密的地方被蜜蜂蜇了倒还可以承受；可是像屁股这种毛发稀少的部位被蜇到的话，熊就会感到疼痛难忍，用前掌去拍死蜜蜂。因为它这样做成了习惯，人们要是用箭射它，它便会误以为是蜜蜂在蜇自己而猛拍射到身上的箭，结果箭头会越陷越深。

空空因为和小老师住在一起，村里的人不敢怎么去打扰。小老师以女孩子特有的方式给了空空温柔贴心、无微不至的照顾。所以，空空的性情也比较温驯。它很听小老师的话，只要小老师一喊"空空"，它就会兴高采烈地蹦跳着过来。

我的萌萌就没那么乖巧了。围观的人用棍子戳、用小石子砸等各种方式来挑逗它，它也因此变得脾气暴躁起来。它总是冷冷地看着人们，做出一副准备攻击的姿态。它行动的模样一点儿也不温柔，总是低吼着气呼呼地跑来跑去。

但不管怎样，它还是喜欢我的。我一走到它的围栏前，它就会小跑着过来。我打一个响指，张开双臂，它就立马飞奔着扑到我的怀里，然后不停地用头在我胸前蹭来蹭去，仿佛在向我撒娇似的。

（四）

小老师也爱极了空空。这样一来，对于送给她空空的我也一道熟悉亲密起来。

现在小老师不会再以"吴"开头来称呼我了，两人熟起来后，她开始管我叫"哥昂林"，有时还会喊我"昂林"，再也不会说"您"之类的客套话了，而是以"你、我"相称。她有什么事情需要我帮忙也不会客气，她随时都会找到我。我也是随叫随到，她吩咐的事情我立马照办。说实在的，不管她让我干什么，我都会心甘情愿地去做的。

有时，我一个人待着的时候，也会胡思乱想：我和她之间是如此亲密，这难道只是一种普普通通的亲密吗？实际上难道没有比这更深一点儿的可能吗……

"哦……不行啊，昂林哪，你可真会自己做美梦啊！"当我反应过来时，马上提醒自己不该这样想入非非。但是，又不能断了那点儿念想，心越发"怦怦怦"地跳个不停。于是我打定主意，要做点什么事情来搞清楚她的心意。

在我们这个地方，要是男子想要亲近一个女子，就会递给女方一支烟斗。一开始，女方会感到羞涩而拒绝，但要是觉得确实有好感，就会慢慢拿过烟斗。这样一来，两方便发展到了可以互换烟斗的亲密程度。当地青年男女通过这种方式"一见如故，犹见怜兮"，一步步来发展恋爱关系。如果女方直接拒绝，就不用再抱任何希望，迅速离开吧。不仅是我们钦族人地区，缅族人地区也有通过烟斗试探爱意的传统。这在梅贵[1]有名的诗中——"她递过一根短短的烟斗。不接，怕她怪咱铁石心肠性太憨；接，怕她嫌我一见钟情心难专。姑娘啊！谢谢你送我这烟斗，暂请把它放我床前"就体现了出来。

某天，我打完鱼后，借着去送鱼的机会来到小老师的住处。

我把一个缠着黄铜条纹、饰有牛角骨的漂亮的钦族烟斗装满了烟丝，放进背篓里……

"嘿……小老师、小老师，你来这钦族地区时间也不短了，应该还没抽过钦族的烟斗吧？你抽抽试试。"我边说着边紧张地递上烟斗。事实上，不要说烟斗了，小老师就连卷烟都没抽过。她会拒绝吗？要是拒绝就罢了，就怕她会张嘴大骂……我心里揣测着各种可能，焦急地等待着答复。

小老师既没有拒绝，也没有骂人，而是心平气和地接过烟斗。这时我拿着火柴，正准备往前凑，给她点火。她突然微微

---

[1] 梅贵，公元1782年即位的贡榜王朝孟云王时期的一位宫廷女诗人。

一笑，伸手一挡。我一下子就被她这个动作给搞糊涂了，她是什么意思呢？

"烟斗、卷烟啥的，抽了对身体不好，会容易生病的！"

听完小老师这一席话，我更是丈二和尚摸不着头脑了……

（五）

一年过去了。

空空和萌萌的体型长大了很多，身上的毛发也变得浓密粗实起来，格外显眼。特别是萌萌，现在经常会撞到围栏，但它的力量还未大到能撞开围栏的程度。

有一个叫覃棱的人，他的地和我的棚屋挨在一起。每次他来到我的小棚屋都会说：

"昂林哪，你可不要像'农夫与蛇'里的农夫一样！你好好地照顾这畜生，可说不定哪天它就会给你带来麻烦，野生动物就该待在林子里，不合适养在家中！唉……还有一点，你可负担不起把它一直养大的成本哪。它马上就要到长身体的年纪了，不如把它宰掉吧！"

听了他的话，我感到很不爽。现在我对于萌萌来说，就如同它的父亲一般。每一次我要出门，它就屁颠屁颠地跟在我身后，在围栏里来来回回地走动，想要找个"突破口"出来；我从外面回来时，它就会高兴得摇头晃脑，又蹦又跳。

一天早上，覃棱的地里传来吵闹声。我从棚屋里跑出去一看，立马愣住了：萌萌去了覃棱的住处！它应该是从棕榈木制的围栏板间窜出去的。覃棱一家怕极了萌萌，纷纷从屋里逃了出去。但是萌萌并没有找人挑衅的意思。

　　我箭一般地冲过去。到那里时，萌萌将一只恰好碰到的猫给扑倒了，然后用指甲将其撕碎了。猫咪在它的手掌间变得血肉模糊。

　　我像平时一样蹲下来，萌萌看着我。我打了个响指，展开双臂，但是萌萌却不能像以前一样靠近我了，它现在长大了，我没办法再把它搂在胸前，只能张着双手。萌萌"咻"的一下跑过来撞入我怀里，卖力地抱着我。我也紧紧拥住它。

　　这时，覃棱从门口探出头来，小心翼翼地张望着。我看到他手中拿着弓和箭。他一边用箭瞄准我和萌萌，一边嚷嚷道："我要杀了这畜生！"我感到一阵惊恐，萌萌却啥也不知道。它仿佛还在为自己杀了一只猫而沾沾自喜，此时正用一双亮汪汪的圆眼睛抬头看着我。

　　"别这样！覃棱！别伤害它，有啥事就冲我来！"

　　覃棱只是用箭瞄着我们，却迟迟没有松手放箭。我不再理会他，赶紧以最快的速度把萌萌叫回棚屋，并把它关进了围栏里。为了防止它再次逃跑，我在它的脖子间拴了一条铁链。

（六）

空空再怎么温驯，最终也还是显出了兽性。现在它也没办法在楼上待下去了，于是被转移到屋后面的院子里。它不太明白为什么要这样做，还是想回到楼上的房间里。

要是有鸡群从空空身边路过，它就会跃跃欲试，露出一副急不可耐想要捕食的样子。小老师在听说萌萌杀了猫咪的事情后，出于女孩子的本性，她也开始担心起来。所以，她将所有的积蓄都拿了出来，自费为空空定制了一个运输的松木箱后，将其捐给了仰光动物园。

而我没有什么财力，能将萌萌怎么办呢？也只能继续这样养下去了。

（七）

粗略一算，小老师来到我们村已经两年多了。

偶尔她也还是会想念空空，于是就来看看萌萌解解愁。这时，萌萌已经长成好大一只了，但是它和我之间的老习惯还是没有改变。它一听到我打响指，眼睛就明亮起来，一晃头一甩脑，看上去高兴极了，然后就跑过来重重地抱住我。因为它的力道很足，我也回报以用力地拍打。小老师看着我俩"摔跤"式的游戏，脸上露出一种似笑非笑的神情……

"你们俩打闹得可真粗鲁哇！你可不能再把萌萌当作以前那个小不点儿了，总有一天它会给你惹麻烦的！要不等我回仰光的时候，也顺便打一个箱子装住它捐给动物园好了，这样空空也有了伙伴。怎么样？这难道不好吗？"

听到这番话，我的心沉重起来。我将它养到了这么大，早已不舍得和它分开。但是如果想要继续养熊，自己还能做什么呢？再说了，我也不会拒绝小老师的提议。事实上，因为这是她的意愿，我是无论如何也不会反对的。特别是现在，她即将要回自己的家乡去，我马上就要和她分别了。她给予了我太多的恩情，她的性情是如此虔诚纯洁，心地又如此善良。但是她说话也毫不客气，总是直言不讳。现在她要走了，我的心情十分郁闷。不仅仅是我，她的学生们知道这个消息后也哭丧着脸。村里面那些在她教导下，学会读书写字的青年男女也纷纷请求她再多待一年。同时，大家也很同情她。她只是一个弱女子，却已经来这里做扶持工作两年多了！

我为了让小老师回去时方便带上萌萌，为萌萌打制了一个松木箱。萌萌是我交给小老师的第二个礼物，希望她回去后不会忘了我。我甚至觉得，我和小老师的分别不会是永远。我会把自己田里种的从危地马拉硬粒玉米变成苹果、橘子，促进当地农业的提升和发展。然后，我与小老师会在某一天，某一时，某一地再次相遇……

（八）

　　小老师三天后就要离开了。她的老家在马圭省铁林市，所以要换回到铁林市的高级中学去教书。但是她的父母已经过世，所以现在如果到了热季，她会去墨吉找当公务员的大哥或者在仰光的二哥家短暂住一阵子。我们为小老师举行了告别宴会。为了让她铭记这钦族人的好山好水，我们首先给她呈上一种叫作"殷贝"的米酒。但是最后只有我们喝醉了，小老师只是用嘴唇沾了沾酒。

　　当天晚上，一件意想不到的事情发生了。我听到了覃棱边怒气冲冲的大声咒骂，边朝棚屋走来的声音，于是赶紧跑出屋外。但是，我已经晚了一步。

　　"你又来咬了我的猪对吗？！哈……哈……两次了！两次了！"

　　覃棱像一个疯子一样大笑着朝萌萌射了一箭。但是那一箭看上去并不重，好像没有瞄到腋下附近，而只是瞄准了臀部。看到露在外面摇摇晃晃的箭杆，估计箭只插进去了一指深，暂无大碍。

　　依当时的情形来看，应该是萌萌捕杀了到处闲逛觅食、误闯到我棚屋来的猪，于是一路找猪的覃棱看到后，一气之下跑来搭箭射向了萌萌。

　　连棍棒敲打都无法承受的萌萌，更不用说受这一指深的箭伤之痛了。它在院子里疯狂地挣扎冲撞，最后闯出了围栏，像箭

空空和萌萌

一样穿过田野，冲进了树林里。

我该向罩棱实施报复吗？还是去追萌萌？一瞬间脑袋混乱的我不知道如何是好，之后我立即跟在萌萌的后面追。但是我没有在树林边界地带找到任何它活动过的痕迹。因为很快天就亮了，我只好返回。我来到小老师那儿，和她讲了我准备报复罩棱的打算。她听完后一脸正经地盯着我：

"我只想问一件事：如果是你养的唯一一头猪，被其他人养的熊给咬死了，你心里会有什么想法？"

我回答不上来。

"萌萌真是可怜哪！你快去把它抓回来，只有你能抓到它！我会给它敷药疗伤，然后把它送到动物园去。它要是一直这样待在林子里，会因为箭毒死掉的！"

（九）

第二天我走遍了树林和山间，还是没找到一丝一毫萌萌留下的痕迹。

同时，我也听说一些村民想要跟着来射杀萌萌——"担心它给人们带来危险"，话虽是这样说，其实他们心里打着另外的算盘。

碰到萌萌的不是我，而是另有其人。那是村里一个叫"哈薛"的人，他刚好就遭到了萌萌的"毒手"，在这之后他只能踉踉跄跄地回到了村子里。他院子里的篱笆被撕成了碎片，身体整个儿被拉扯得疼痛难耐，但幸运的是他没有流血。哦……萌萌！是不是给它取名取错了呢？如果说"名如其人"，那现在的萌萌就如同一只发情的雄象！

但还有一件让我惊讶的事情：按经验来说，熊一旦遇到人下手都很残忍，不仅会划伤眼睑、撕破脸皮，还可能把人的下颌骨打到脱臼，甚至会咬住喉咙使人当场死亡。有一次，一个叫"兴谐"的人去了林子后就再没有回来，于是村民们出发去找他。他们在路上某个地方看到了一块掉落的脸皮，便继续向前，终于发现了倒在地上的兴谐。他一边脸上的肉全没有了，露出了白森森的骨头，整个人再也无法动弹，只能干瞪着两只眼睛望着村民们。不久他就两眼一翻，离开了人世。看看熊对人类所做的事，这是何等凶残的动物！（如果遇到熊的攻击，据说要面朝下倒地装死，便可能会逃过一劫。可是这样趴着的话，熊也会在旁边一直守着。为了避免被熊攻击的危险，必须一动不动，否则头一晃，它便来咬头；脚一抖，它就衔住脚。因此需要屏气凝神好一段时间。这时，熊会来确认你是否还活着，把你从头到脚都闻一遍，确认人真的"死了"之后就会离开）可是萌萌却没有对哈薛做出这样血淋淋的伤害。我想了想，心里只得到了一个答案：不是其他原因，萌萌即使命不好出生在野林里，但从小与人生活在一起，亲近于人，因此会尽可能友好地对待人类；但是反过来我却不知道，人类有没有同样善待它？

（十）

明天小老师就要回去了。她不仅收拾好了行李包裹，而且安排了搬东西的挑夫们。她还说要是我抓到了萌萌，打算今天下午就离开，然后在路途中住宿。

我带上枪出了门，以防不测。哈薛碰到萌萌的地方在村子北边三英里远的地方。但是我并没有在那里看到萌萌。太阳逐渐升高，我感到身上的汗腺开始分泌，全身变得黏糊糊的。

这时，西边山腰处的林子里传来了簌簌作响的声音。我赶紧躲到一块岩石的暗处悄悄观察。一想到就要见到萌萌了，我心里一阵欢喜。就在此时，我看到一个黑黑的身影在远处穿过，但那并不是我心心念念的萌萌。我原以为是它叼着一块刚劈开的白色木头出现了，结果是一头长着一对白色獠牙的野猪。

一段时间后，三四个人跟着出现了。这时我刚好从岩石后出来，他们也就远远地看到了我。

"喂！小哥，你有没有看见一只野猪啊？"

他们边朝我走来边询问道。他们看上去并不像本地人，我们这个地方的人们都会梳平头，而他们则打着发髻，一定是从雷佬河地区来的。雷佬河人看到梳着平头的我们（磨黑人），就会讥笑说："一副学生样儿！"

雷佬河地区到我们村子差不多要走两天的路程。如此看来，他们像这样追野猪都不知道到底追了几天了呢。

"我看到了，刚从这附近经过，现在估计到东边林子的边界处了。"

他们之中一个秃了顶、留着浓密胡髭的长者将他的双筒枪杵在地上。

"是吗？呵……累死人了，追着它都有三天了。要是水鹿、鹿之类的就不用遭现在这种罪了！打死野猪的名分可是最大的呀！再说这畜生还挑死了一个人，我们已经视其为罪魁祸首，绝对不会让它落入其他人手里！"

这时，一个提着气枪、身材健硕的年轻人走了过来。

"这畜生真是的！跑到了那边地里，撞到两个人还把人家给挑伤了，据说伤得可重了！它这个凶手，只有我们可以为这些人报仇了……"

另外有一个身材矮小的人，背着一个看上去很重的行李。他什么也没说，只是看着我的枪。但他的目光中有一种别样的深意。所以……

"我也带着枪呢，但我找的是其他的……刚刚把跑过来的野猪看错了，但是愣了愣也没开枪。"

那位长者彬彬有礼地说道：

"好的，感谢您为我们指路。后面还有一些人和我们走散了，要是您看到他们，也请您为他们指一下路。"

"好的大叔，放心吧。"

于是这群打着发髻的人挥手和我道别，朝东面山坡的方向走去。

（十一）

我沿着山脊一路向北，走了大概半英里后来到了一个小土岗上。这一带岩石林立，石头间隙寸草不生，看上去光秃秃的。我悄无声息地穿梭在这些岩石丛中。

啊……看到它了。萌萌伏在一块较小的岩石旁边，它也马上朝我望过来。我蹲下来，将左手拿着的枪轻轻地放下，然后举起右手打了个响指，展开双臂。萌萌抬起了头，双眼开始放光。它原地站起，猛地晃了下头，这是它高兴时一如既往的表现。然后它一溜烟朝我蹦跳着过来，我也准备好了拥抱的姿势迎接它。

但是……

"砰！"

一声枪响，萌萌在我面前轰然倒地。是谁开了枪？！我如同触电一般，脑袋里马上浮现出覃棱的样子，我之前就听说他加入了寻找萌萌的队伍。我朝声源处望去，但是结果完全出乎意料。我看到一个拿着枪、上半身从岩石暗处露出来的人。他微笑着，但他不是覃棱，是我未曾相识的陌生人。他系着一个发髻，说："还好我在这儿，不然你就没命啦！"

那个人得意扬扬地大喊着。他的枪口还在冒着烟。

"你……你看看你都做了些什么？"

我只能无力地喊道，欲哭无泪。我想他就是和刚刚那群人走散的人吧，但是我现在再也无法继续思考了。我扶起倒在血泊中的萌萌，但是它没有接受，而是一下子滚到一边，然后目不转睛地看着我——萌萌之前从未像这样看过我。它想说的话明明白白地从它的眼睛里流露出来。

"为什么我那么信任主人，主人却没有同样对我……反而要杀了我呢？"

它仿佛这样同我讲道。我的心受到了猛烈的撞击，想对它说不是这样的，但是它又怎么能明白呢?! 不一会儿，它就断了气。

陌生人早就走到了我身边，这时他似乎才察觉到了事情的情况。

"我误会了，我还以为它扑过来是要杀掉你呢……"

（十二）

陌生人搭手和我一起把萌萌抬回了村里。我要等明天再帮他联系他的同伴们，那群人今晚应该就睡在东边的树林边上了。

我和他迅速往回赶。我想告诉小老师，现在没办法将活生生的萌萌交给她了，只能以熊肉作为礼物……

回到村子时，我没见到小老师。村民们说她等了好长时间，就为等活着的萌萌回来。但我们没预料到的是，在我们返回前，她就从另一个人那儿得到了消息，知道萌萌死了。"她说不想等它的尸体，不能让它死，明明仔细交代过了。就这样说着赌气离开了。"一个村民说。她真是误会我了！我连同她告别的机会也失去了。

那一晚，村民们兴高采烈地将大块大块的熊肉作为战利品享用，好不热闹。这时罩棱从人群中走出来，一副醉意微醺的模样。

"嘿，昂林老伙计，听说你还误解我了……我可没这么残忍！哈……哈……"

我什么话也说不出来。

村民们按照惯例，一来一往地互相敬食熊肉。我拒绝了所有递给我的食物，就连村民们敬的米酒也不喝。

（十三）

一个月后，我为了购买玉米良种下到仰光来。一到仰光，我就按照小老师给的地址找去，但到那里时，却发现大门紧闭。询问她的邻居，却仍不得而知。我坐在屋前的巴旦木树下，惆怅地看着这房子，仿佛能看到白白的砖墙之上，小老师那熟悉的面容。一想到这儿，我又思念起她那温文尔雅的神态。我读过阿瓦宫廷女诗人米纽所写的"宛如灯火，黑暗退去；五美俱全，品德极优；姿色秀俊，体态媚瘦；丽压群芳，傲气乌有"等诗句，想来这描写与小老师本人倒是十分贴切呀！

唉……现在小老师一个人到了哪里呢？

我拖着沉重的步伐来到了动物园，看到了熊圈里和其他熊待在一起的空空。它看到我后似乎还认识我，立即跑过来。我一喊"空空"时它就站起来，抓住铁栏杆，兴奋得跳来跳去。旁边的人吃惊地看着我和空空。

我递过去一根香蕉，空空接过来剥了皮吃下去。它身旁有一只熊也跟过来看。"把你的也分一半给它吧！"我说道。空空却只是把香蕉皮扔了过去，引来旁人一阵大笑。

"小老师现在在哪儿呢？"

它看上去并不能听懂我的话，只是呆呆地看着我。事实上，它当然不会知道小老师到了哪儿，也永远不会知道萌萌发生了什么事情。

作者简介

钦山根貌，出生年月不详，钦族。他的文笔清新质朴，作品多反映钦族群体的民俗风情和日常生活。这篇《空空和萌萌》是他于1984年发表的短篇小说。文中以钦族知识青年昂林为第一人称视角，通过"我"与美丽善良的支边女教师蕾蕾凯、可爱活泼的小熊仔空空和萌萌之间发生的故事，展现出了钦族山区独特的人文风貌，以及传统民俗观念与现代自然保护意识的冲突。